# 日本人の目、アメリカ人の心

Japanese Eyes, American Heart

ハワイ日系米兵の叫び

第二次世界大戦・私たちは何と戦ったのか

荒了寛 編著

大川紀男 訳

開拓社

日本人の目、アメリカ人の心＊目次

もくじ

まえがき　009

この作品の重みを想う――荒了寛師への敬意をこめて…寺島実郎
（一般財団法人　日本総合研究所会長）
ダニエル・K・イノウエ（連邦上院議員）
ヒデト・コウノ

序章　日系アメリカ人部隊とは？　019

第100歩兵大隊（独立）――「パープルハート大隊」
開戦後、本土に移送され……／ドイツ軍との戦い／テキサス大隊の救出／三三七人の犠牲
第442連隊戦闘団――「当たって砕けろ」
ハワイとアメリカ本土の日系アメリカ人で編成／激戦に次ぐ激戦／強制収容所からユダヤ人を解放／

戦功と犠牲
### 軍情報部――第二次世界大戦におけるアメリカの秘密兵器
情報収集に従事した日系兵士
### 第1399工兵建築大隊――大食漢たち
縁の下の力持ち

## 第一章　一九四一年十二月七日　035

### ハワイの日系一世たちと二世
農業労働者として／親子の感覚のずれ／日本人学校／アメリカ国籍を取るんだ
### 真珠湾攻撃・運命の日
攻撃前日まで／真珠湾攻撃と日系アメリカ人のとまどい／混乱の極みのなかで／「こいつはジャップですよ?」／軍の再編成と戒厳令
### 過ぎ去った平和な日々
変わってしまったハワイ／どこもまっくら闇／「全員が一人のために、一人が全員のために」

戦争の「意義」・差別との戦い

憎い敵を倒すだけではない／戦争とハワイの心／アメリカ人「サムライ」／日系大学生も戦争に／あいつは敵の国の人間だから？　疑惑と監視

## 第二章　日系兵士、アメリカ本土へ　071

忠誠への疑念

思いとのずれ／「日本の名字を持つ者は例外」／「おまえはアメリカの兵士」

ホノルルを離れて……一九四二年六月

本土へ向かうということ／カルチャーギャップ

兵士たちが本土で見たもの

「ジャップ！」他の部隊とけんか／柔道の〝効用〟／ハワイの魂・第１００歩兵大隊／アメリカ南部へ移動／ルイジアナ演習／黒人差別の発見／ニューヨーク見物／日系兵士たちはどこへ行くのか

第三章　日系兵士たちの戦争　099

地球を半周して戦争へ

ハワイへの思いを心に秘めて／北アフリカ・アルジェリアへ／戦闘部隊になった意外な理由

イタリアに上陸・ついに部隊は戦争へ

上陸戦での混乱／戦場の生死／「自分たちは撤退しません！」

モンテ・カッシーノからアンツィオ、ローマへ

第100歩兵大隊に下された命令／誰にも守られずに戦う／感情のゴムひも

戦争のさまざまな顔

生と死が紙一重に／「〝よい〟ドイツ兵」

戦場での日常生活と兵士たちの友情

「オーノ！」／戦場に結ぶ友情と絆

第442連隊戦闘団の戦い

歴史に残る部隊／泥にまみれての救出作戦／戦い抜いた理由／勝利のなかで失ったもの

負傷、戦争の後方での記憶
負傷の経験／凍傷になった兵士／負傷兵の〝闘い〟

ヨーロッパでの勝利、そして
戦勝を兵士たちはいかに迎えたか／フランスを旅して／アメリカ本土での歓待

兵士たちは日本へ
日本との戦い／焦土となった日本へ／親族のホスピタリティ／飢餓状態の日本

# 第四章　兵士たちを支えたもの

155

家族の記憶
息子を送り出した母の思い／国家への〝借り〟／陰膳を供えた母／母の名／本土に行けるという夢／母のみそ汁と涙

戦時中における日本人の支援
中立国スウェーデン／公正さを守ることの意味／彼女を育んだ家族／「頑張れ」という日本語

終章　戦争を振り返って　175
ハワイ出身の日系アメリカ人にとって、戦争とは？
兵士の誇り／血と涙が産み出した尊厳／外敵、そして内なる敵との二つの闘い／栄誉は永遠に／東洋的な道徳／「大和魂」だけではない
［特別座談会］――価値について　186
「義務」「名誉」そして「恥」／ハワイの日系アメリカ人が持つ多様性／日系アメリカ人の内なる差別とその克服／二世の価値観を続く世代に／ハワイの文化的多様性が持つ力／価値観の〝シフトチェンジ〟
あとがき　229
二世の遺産……荒了寛僧正

Japanese Eyes, American Heart Vol.1~3
by Hawaii Nikkei History Editorial Board and the Publication Commitee
This translation of Japanese Eyes, American Heart Vol.1~3 is published by
KAITAKUSHA PUBLISHING

# まえがき

## この作品の重みを想う——荒了寛師への敬意をこめて

寺島実郎（一般財団法人 日本総合研究所会長）

つながりを認識できる力こそが知性である。「ハワイ」「日系人」「真珠湾」「442連隊」「オキナワ」……これらの言葉のつながりから見えてくるもの。それは日本人が真摯に向き合わねばならない近代史の本質に関わるテーマを突きつけてくる。

日本人が初めて移民という形でハワイに渡ったのが一八六八年（明治元年）の一五三名であり、「元年もの」といわれる所以であるが、それから百五十年の節目が今年なのである。ハワイの歴史は深く日本近代史に絡み合う。一八五三年にペリー提督が浦賀に来航した頃、米国東海岸の夜の灯は鯨油で灯しており、捕鯨は一大産業であった。一八五〇年代のピーク時、六〇〇隻もの捕鯨船が、大西洋・インド洋を越え、ハワイを基点に北太平洋でクジラを捕っていた。マウイ島のラハイナが捕鯨船の集結港であった。

現在、反捕鯨国家となった米国を思うと、ブラックジョークのようだが、これだけの捕鯨船が米東海岸から太平洋に入ってきていたという事実が、ジョン・万次郎をはじめ、江戸期の多くの日本人漂流民が米国の捕鯨船に救助されて、個人としての運命の転換のみならず、その後の日米関係を変える伏線となったのである。ペリー来航も、通商を求めてという理由もあったが、捕鯨船に薪や水を供給する港を求めてという狙いもあった。ジョン・万次郎は東海岸で教育を受けた後、カリフォルニアの「ゴールド・ラッシュ」にのって金鉱山で働き、一財産を造り、ハワイでボートを買い、中国に向かう貿易船に乗り込み、沖縄に帰ってくる。その後、多くの沖縄からの移民がハワイに渡ることを考えると、ハワイと沖縄の縁を感じる。

ペリーは来航したものの、捕鯨船は来なくなった。一八五九年にペンシルバニアで油田が発見され、石油の時代に入るからである。一九世紀の米国は、米大陸を西に進み、一八四六〜四八年のメキシコとの米墨戦争でニューメキシコとカリフォルニアを獲得、太平洋に辿り着いた。また、一八九八年にはスペインとの米西戦争に勝利して、フィリッピンを領有、太平洋国家としての野心を高め始めた。この中で「太平洋戦略の要」として浮上したのがハワイであり、一八九三年カラカウア王朝を武力で制圧し、一八九八年に上下両院決議で、米国に併合した。

このハワイ併合は、あまりにも不条理な武力制圧であり、米国の上下両院が一九九三年に「一〇〇年目の謝罪決議」を行っている。決議といっても、〝RESOLUTION〟であり、ハワイの独立を認めるなどという拘束力を持つものではないが、正当性のない併合だったことを議会が公式に謝罪したもので、この辺りが米国らしいともいえる。実は、このハワイ併合が日本にとって、一九一〇年の朝鮮半島併合のモデルになったといわれ、米国のハワイでのやり方に刺激された李王朝へのクーデター画策だった。

ハワイのカラカウア王朝は、滅亡を前にして日本に助勢を求めたが、維新後間もない日本に、米国と対峙する力はなかった。米国に併合された後も、日本からの移民は続き、第二次大戦前に、ハワイに移民した日本人は約二二万人、そのうち約四万人が沖縄からの移民である。日系移民たちの多くはサトウキビ畑で筆舌に尽くしがたい苦労をし、ようやく一定の安定をえたところで、真珠湾攻撃により日米戦争が勃発した。この時、米国への忠誠心を問われ、日系人部隊に志願し、442連隊としてイタリア戦線で活躍した人たちの話がこの本の主題でもある。442連隊は「死傷率三一四％（一人で何回も負傷したため）」といわれる伝説を残した。上院議員になったダニエル・イノウエや現ハワイ州知事のデービッド・イゲの父親もこの連隊に従軍した人物であった。

「二つの祖国」ではないが、歴史に翻弄されながら心の葛藤に耐え、日系人は生きた。その歴史の重みをしっかりと受け止め、後進に残そうとする役割を引き受けているのが荒了寛師である。私はこの貴重な文献が、若い世代に読み継がれることを願っている。

戦後七十二年の夏、ハワイの青い海と高い空を眺めながら

ダニエル・K・イノウエ（連邦上院議員）

一九四一年の日本軍による真珠湾攻撃は太平洋戦争の始まりを告げる攻撃だった。アメリカでも日本でも、物心がついた人ならこの攻撃のことを知らない人はいないだろう。そのとき、わたしは十七歳だった。あの攻撃ののち、わたしは日系アメリカ人だが、みずからの親の国、日本に対し絶対に許さないぞ、という怒りの感情が湧き起こったものだ。けれども、この攻撃は一方でわたしを不安な気分にさせた。戦争が始まったのち、「わたしたちのような、日本の血を引く住民（日系アメリカ人）は、政府やアメリカ国民からどのような仕打ちを受けるのだろうか？」

という考えが頭から離れなくなったのだ。

日系アメリカ人は戦争が始まる前から「敵性外国人（アメリカ合衆国に敵対的な外国人）」と呼ばれ、「戦争が始まれば、彼らは日本に味方するに違いない」と思われていたのだ。だが、「ハワイ領海警備隊」「大学勝利志願軍（VVV）」に日系アメリカ人が進んで志願したという模範的な行為だけでなく、戦争が始まる前からアメリカ軍の日系アメリカ人兵士たち（彼らがその後、「第100歩兵大隊」の母体となった）のめざましい活躍が、疑念を吹き飛ばすことになった。

一九四三年一月、アメリカ軍は、ヨーロッパでの戦争に参加するための日系アメリカ人で構成される部隊、「第442連隊戦闘団」を結成した。

軍の呼びかけに対する反響は大きかった。部隊に志願した日系アメリカ人の若者は、家族がアメリカ政府により人里はなれた強制収容所に閉じ込められた経験を持っていたからだ。

わたしも、この部隊に志願した。米本土で訓練のためにハワイから旅立つとき、父親がわたしにこう言った。

「アメリカはわたしたちに本当によくしてくれた。だから、おまえの人生をアメリカに捧げなくてはいけないのなら、全身全霊でそうしなさい。何をするのであれ、おまえの家族とおまえの祖国の名誉を汚すことだけはしないように……」

ヨーロッパでの日系アメリカ人の部隊、第100歩兵大隊、第442連隊戦闘団の戦いや、太平洋で日本軍と血みどろの戦いをしたアメリカ軍を助けた日系アメリカ人諜報部隊の戦いに対しては、大統領や軍隊の司令官たち、そして、日系アメリカ人とともに戦った連合国の戦友たちから、たくさんの感謝の言葉が寄せられている。

けれど、第二次世界大戦の勝利で、すべての戦いが終わったわけではない。日系アメリカ人兵士たちは、日本と戦わなければならなかっただけでなく、アメリカ人からの差別にも耐えなければならなかった。戦後、ハワイに戻った日系アメリカ人には、ハワイ住民のあいだの平等をかちとり、ハワイが受けている差別と不平等を打ち破るための戦いが待っていたのだ。

この戦いは長く続いたが、ほぼうまくいった。ハワイの住民は、島に住む民族の地位の平等をかちとることができた。

一九五九年、ハワイは準州から第五十一番目の州となった。これまでのハワイ州の知事には、多様なルーツを持つ人びとが選出されている。白人、日本人、ハワイ人、フィリピン人を祖先に持つ人たちだ。また、連邦議会の議員もそうだ。わたし自身も、一九五九年に連邦下院議員に選ばれ、一九六三年からは上院議員を務めている。

アメリカと日本の関係のなかで、ハワイの日系アメリカ人が持つ強みとはなんだろうか。アメリカ市民であるとともに、日本をルーツの地としている日系アメリカ人は、アメリカと日本の間の持続的な関係のなかで人と人とをつなぐことができるということだ。ハワイに住む日系アメリカ人の戦争についての証言を集め、残した本書は、海を隔てたふたつの国の、さらなる橋渡しとなるだろう。

第二次世界大戦で日系アメリカ人兵士が得た経験を記録し出版したいという使命のために、荒了寛師と「天台教育財団」による貢献にあらためて感謝を述べたい。

本書がすばらしい一冊であることは言うまでもない。多くの人びとに読まれてほしい、と心から願う。

ヒデト・コウノ

一九九五年のことだ。太平洋戦争の終結五十周年を記念する法要で、天台宗ハワイ開教総長・

荒了寛師は、『ハワイ日系米兵――わたしたちは何と戦ったのか』と題する書籍の出版を表明した。この書籍はのちに平凡社から刊行され、第二次世界大戦で戦った何人もの日系アメリカ人退役軍人が寄稿者として参加した。

『ハワイ日系米兵』は、日本をルーツの地とする日系アメリカ人がいかに第二次世界大戦を戦ったのかを記録することで、日系アメリカ人に対する日本人の知識と理解を深めたい、との思いから出版された。

この書籍は高い評価を得たが、そののち、師は日系米兵たちの戦争体験と思いを伝える書籍を、より広い層の読者に向けて英語で出版することを希望した。

日系米兵の戦争経験については、これまでもすぐれた内容を持つ書籍が多く世に出ている。それでもなおわたしたちは、新たな書籍が必要とされていると考えたのだ。戦争当時、兵士たちが感じた恐怖、失望、そして夢と希望……。これらを知ることは大事なことだ。

本書を編集する上での一番の難関は、日系二世の退役軍人の個人的な体験記を集めることだった。というのも、彼らは自らが考え、感じたこと、そして行ったことを語ることをためらったからだ。ためらいの原因は、彼らの伝統的な文化、「謙遜」に多く由来している。

彼らの心情を熟知していた師は、『ハワイ日系米兵』出版の際に師を助けた何人かの退役軍人たちに協力を求めた。その結果、「ハワイ日系人歴史編集委員会」が結成され、この委員会がハワイ在住の二世退役軍人たちに、その経験を語ってほしいと呼びかけた。とりわけ、第二次世界大戦の前、最中、そしてそのあとに彼らが何を考え、どう感じたのかがもっとも重要だった。くわえて、委員会はこれらの作業を急いで進めたいと考えた。なぜなら、そうした退役軍人たちの大部分がすでに七十歳代後半から八十歳代前半に差しかかっていたからである。

委員会のメンバーのうち、天台宗ハワイ開教部の事務所に定期的に集まったのは次のような顔ぶれだった。すなわち、わたし、第442連隊戦闘団と「アメリカ軍情報部（MIS）」に属していた退役軍人（二人）、本派本願寺ハワイ別院前総長だったヨシアキ・フジタニ師、それと、もう一人のMIS退役軍人（彼は委員会の副委員長を務めてくれた）の四人である。その他のメンバーをあげれば、エドワード・イチヤマとロバート・カタヤマの両弁護士（ともに第442連隊戦闘団に所属した）、テッド・ツキヤマ弁護士（第442連隊戦闘団とMISに所属）、ロバート・サカイ博士（ハワイ大学歴史学科名誉教授、MIS所属）などである。委員会の〝取りまとめ役〟を務めてくれたのは、元教育者のジェーン・コメジ女史である。彼女は、「ハワイ日本文化センター」の理事であるとともに、『おかげさまで——ハワイの日本人一八八五年～一九八五年』の共著者の一人でもあった。彼女の元に、第100歩兵大隊所属の退役軍人たちの息子や娘が集まった。ミミ・ナカノ（シズヤ・ハヤシの娘）、ドラシラ・タナカ（バーナード・アカミネの娘）、ケアリー・ミヤシロ（ジョージ・オスカー・ミヤシロの息子）の諸氏である。委員会にはさらにカーリーン・チネンが加わった。彼女は、『ハワイヘラルド』紙の元編集者であり、第100歩兵大隊に所属したウォーレス・セイコー・チネンの娘である。彼女は、いろいろなスタイルで集められたさまざまな証言の編集と分類という重責を担ってくれた。

何よりわたしは、「ハワイ日系人歴史編集委員会」のメンバーたち、そして本書のために個人的な証言を提供してくれた方々に深甚なる謝意を申し上げたい。

くわえて、本書の出版に献身してくれたその他多くの人びと、なかでも、「クラブ100」「第442連隊戦闘団退役軍人クラブ」「MIS退役軍人クラブ」の会員諸氏、そして「第1399工兵建築大隊」退役軍人グループの方々に心からのお礼を申し上げたい。

荒了寛師にはあらためて特段の感謝を表したい。本書の出版という試みがこうして結実したのも、師の支援と励ましのおかげである。

本書が、ハワイ出身の日系アメリカ人が国際平和と善意のために果たした貢献を人びとが理解するうえで大きな助けになると確信している。

第４４２連隊戦闘団第１大隊
（第１００歩兵大隊）の兵士たち

序章

# 日系アメリカ人部隊とは？

第二次世界大戦において、日系兵士がどのような部隊に所属し、どのような戦いをしたのか。敵国であるドイツや日本と、その生命をかけて戦い、さらにはアメリカ国内における差別や不信とも戦ったという彼らだが、いったいいかなる形で戦争に参加し、さらにどのような戦いを戦中にくりひろげたのか。

大きな犠牲を払いながら、二つの戦いに勝利した兵士たちを知るための基本的な知識として、これらを解説してみよう。

## 第100歩兵大隊（独立）――「パープルハート大隊」

開戦後、本土に移送され……

「第100歩兵大隊（独立）」は、一部の将校には例外があったものの、ハワイ出身の日系アメリカ人だけでつくられた米陸軍初の戦闘部隊だ。愛称は「ワン・プカ・プカ（プカはハワイ語で「穴」、つまりゼロを意味する）」として知られる、歴史に名を残した部隊だ。

この部隊は太平洋戦争が始まる前からあった。けれども、軍事行動は開戦後、真珠湾（パールハーバー）が攻撃されてからの数週間、日本軍の上陸に備えてハワイの海岸を警備したのが最初だ。

一九四二年六月四日から七日（アメリカ時間）、日本ではミッドウェー海戦として知られる戦いがあった。その時、日本の海軍がハワイをもう一度攻撃するかもしれないとのことで、ハワイにいた日系米兵は軍の各部隊から、「ハワイ臨時歩兵大隊」という部隊にまとめさせられ、一九四二年六月五日、彼らはハワイを離れ、明かされなかった目的地に向け移動させられた。理由はわからないが、日本の血を引く兵士たちが、アメリカを裏切り、日本軍と共同して戦うことになるのでは、と恐れたからではないだろうか。

兵士たちが船に乗ること数日、サンフランシスコの金門橋が水平線に現れた。オークランドで下船した部隊は名称を再び第１００歩兵大隊（独立）に変更し、最終的にミシシッピ州のシェルビー基地に移動した。

その後、十六カ月にわたり部隊は訓練にいそしむこととなった。だが誰も、自分たちの部隊が戦闘に参加するのか、もし参加するなら、いつどこになるのかを知らなかった。

自分たちはいったい今回の戦争で何を行うのだろうか？　煮えきらない状況に兵士たちはや

きもきしていたが、転機は一九四三年九月に訪れることとなった。太平洋戦争を含む第二次世界大戦は、ヨーロッパでもし烈な争いを、アメリカやイギリス、ソ連といった連合国と、ドイツやイタリアといった枢軸国がくりひろげていた。部隊は、その戦争に参加するのだ。

## ドイツ軍との戦い

兵士たちは緊張しながら、ドイツの潜水艦が出没する大西洋を越えた。第100歩兵大隊は北アフリカ・アルジェリアのオランに上陸した。もしかしたら、アルジェリアの人びとはアメリカ軍の制服を着用した多くのアジア人をみて、不思議な顔をしたかもしれない。けれど、アメリカという国家、そして自由と民主主義を守る、という理念のためにドイツと戦う、という思いはどのアメリカ軍の兵士とも同じ気持ちで、日本にルーツを持つ兵士たちは上陸したのだ。

その後、部隊は「第34師団」（通称「レッドブル」）に合流し、九月二十二日には地中海の対岸、イタリアのサレルノ海岸に上陸した。

以後九カ月間、第100歩兵大隊はハワイとは違うヨーロッパの過酷な冬に耐えながら、サレルノからローマへ、強力なドイツ軍を相手にしながら進撃していった。

最大の試練はドイツ軍が占拠する山頂の僧院、モンテ・カッシーノを巡る一九四四年の一月から五月の戦いだった。

彼らの士気は高かった。実際、この戦闘では多くの兵士が負傷した。けれども、それをものともしない戦いぶりに、彼らは「パープルハート大隊」と呼ばれるようになった。パープルハートとは、戦闘行動で死傷した兵士に授与される勲章だ。

ドイツ軍と激しく戦った部隊は、本当に人数が少なくなってしまった。

六月十一日、戦力が激減した第100歩兵大隊は、同じ日系アメリカ人による部隊、「第442連隊」による補充を受け、そして、新たに到着した「第442連隊戦闘団」に編入された。これは、ハワイおよび米本土出身の日系二世の志願兵によって作られた部隊で、これ以降、第100歩兵大隊の正式名称は「第442連隊第1大隊」となったが、同時に「第100歩兵大隊」の名称も引き続き使うことが許された。

その後、第100歩兵大隊はドイツ軍をイタリア中部のアルノ川まで駆逐する作戦に参加し、また勇敢に戦った。

## テキサス大隊の救出

日系アメリカ人部隊のヨーロッパでの戦いにおける、もう一つの大きなエピソードは、「テキサス大隊」（正式名称「第34師団第141連隊第1大隊」）の救出作戦だ。

この作戦は、十月から十一月、第100歩兵大隊と第442連隊は、フランス北東部のボージュ山脈での作戦に参加するため、第36歩兵師団に合流して、ブリエアとビフォンテンを解放したのだが、そのときに起こった戦いだ。

この作戦で、部隊は二一一人のテキサス大隊を救うために二一六人の戦死者を出した。

もしかすると、日本の感覚ではそこまでして救出作戦を行うのはやりすぎに見えるかもしれない。けれども、仲間が危機におちいっているとき、危険であっても絶対に仲間を助けに行くのが大切なことなんだ、というのがアメリカのやり方だ。兵士たちに、互いに助けあうという信頼感があるから危険な戦場でも戦えるのだ。

敵に包囲された仲間の苦境を救ったという大きな功績により、第100歩兵大隊は大統領部隊感状を受章した。

　彼らは第二次世界大戦の間、ずっとヨーロッパで戦った。最後の戦闘は一九四五年五月の戦いだ。イタリア北部で、ドイツ軍をポー渓谷まで駆逐することに成功したのだ。この戦いでの勝利が、イタリアでのドイツ軍の降伏につながった。

## 三三七人の犠牲

二十一カ月におよぶヨーロッパでの戦闘のなかで、第100歩兵大隊が払った犠牲は大きかった。三三七人の兵士たちが、戦いで命を失った。

　いっぽうで、その功績も大きくたたえられた。祖国アメリカのために戦った、第100歩兵大隊とその兵士たちは大統領部隊感状を三回受章し、さらには、パープルハート章受章者一七〇三人、議会名誉勲章一、殊勲十字章二四、銀星章一四七、銅星章二一七三、師団表彰三〇名をそれぞれ受章した。

　真珠湾への日本の攻撃が生み出した、アメリカ政府と軍による、不当な不信による日系アメリカ人の隔離という背景の中に誕生したこの〝実験台〟部隊だが、その規模、戦闘に参加した期間が短いのに比して、もっとも多くの表彰を受けるという栄誉を獲得した。

日本にルーツを持つ兵士たちが、アメリカという国が持つ美徳を、文字通り命をかけて体現したのだ。

第100歩兵大隊が、第二次世界大戦においてアメリカに忠誠を尽くしたその他の日系兵士たちのために道を切り開いたことは間違いない。

## 第442連隊戦闘団──「当たって砕けろ」

### ハワイとアメリカ本土の日系アメリカ人で編成

アメリカとは太平洋の反対側の島国、日本において、日系アメリカ人部隊でも名高いのは、第442連隊戦闘団だろう。その戦いは、書籍やテレビドラマ、マンガなどで語り継がれているから、読者のなかにもこの部隊の名前を耳にしたことがある人がいるかもしれない。

この部隊が誕生したのは一九四三年三月二十三日だ。日系アメリカ人だけの戦闘部隊を組織するために志願兵をつのったのだ。ハワイとアメリカ本土から、二〇〇〇人以上の日系アメリカ人がこの呼びかけにこたえた。本土出身の兵士たちは、太平洋戦争が始まったため隔離され、強制収容所に入れられていた日系アメリカ人からなっていた。

戦争中、ハワイの日系アメリカ人は人数が多すぎたから強制収容所にみな入れられる、ということはなかったが、アメリカ西海岸、カリフォルニア州やワシントン州に住んでいた日系アメリカ人を、家や仕事から引き離して強制収容所に入れてしまったのだ。

強制収容所の出身者を含む志願者たちは、一九四三年四月、ミシシッピ州のシェルビー基地に集合し軍事訓練を受けることになった。

約一年の厳しい訓練をへて、第４４２連隊戦闘団もまた、第１００歩兵大隊と同じように一九四四年五月一日、ドイツ軍と戦うためにイタリアに派遣されることになった。イタリアに到着した彼らは、第１００歩兵大隊（独立）と合流した。

## 激戦に次ぐ激戦

第４４２連隊戦闘団の戦闘は、六月二十六日のトスカーナ州スヴェレートで始まった。

彼らの旺盛な士気を示す合い言葉は、「Go for Broke!（当たって砕けろ）」だった。この言葉はもともと、農場での重労働に従っていた日系移民たちの、数少ない娯楽のひとつだったサイコロ博打で、あり金を全部賭ける際に叫んだものだった。

異国の地に体ひとつで働く男が、あり金をはたいていちかばちかを賭ける、その〝ガッツ〟をしめす一言は、日系アメリカ人兵士の部隊の精神を示すのにちょうどよい言葉だった。常に最前線でドイツ軍の戦線に穴を開けるのが彼らの任務だった。

当たって砕けろの精神で、約十週間、第442連隊戦闘団はイタリアの山岳地帯でドイツ軍と交戦し、彼らをアルノ川北側まで追いやることに成功した。

八月十五日、第442連隊戦闘団から対戦車隊が切り離され、南フランスでの攻撃をもくろむ友軍を助けるためにグライダーによる着陸を命じられた。

十月から十一月にかけて第442連隊は北東フランスにおける任務につ「き、暗く寒さが厳しいボージュの山中で第36歩兵師団とともに激しい戦闘に加わった。「ボージュ作戦」と呼ばれたこの戦闘の結果、ブリュイエール、ベルモント、ビフォンテンといったフランスの町が解放されるとともに、名高いテキサス大隊の救出が行われたのである。テキサス大隊の話は先にも述べたが、一九五一年にはこのエピソードをクライマックスとするハリウッド映画『二世部隊』（ロバート・ピロシュ監督）が公開され、好評を博したことも伝えておこう。

## 強制収容所からユダヤ人を解放

テキサス大隊の救出作戦という栄光のほかに、日系アメリカ人部隊は歴史に残る惨劇の目撃者ともなったことも知っておかねばならないだろう。

世界はドイツ人のようなゲルマン人を中核としたアーリア人種によって統治されるのが望ましく、ユダヤ人やロマ人（ジプシー）、スラブ人といった劣等人種は奴隷の立場に置かれ、滅びるべきであるとする、ヒットラー率いるドイツのナチス政権は、ユダヤ人らマイノリティを社会から隔離し、強制労働や大量虐殺の対象とした。ホロコーストとして知られる、このユダヤ人だけで六〇〇万人以上を殺害したこの行為だが、第442連隊戦闘団の兵士たちが、このおそるべき組織的殺人の拠点となった強制収容所に到達、囚人たちを解放したのだ。

収容所を解放する戦いは、一九四五年三月下旬、第442連隊戦闘団の一部がドイツ本土を攻撃するアメリカ軍第7軍への編入を命じられたことにはじまる。南ドイツのミュンヘン近郊に進撃した彼らは、ダッハウその他の強制収容所にいたユダヤ人生存者を見つけ、彼らを解放したのだ。骨と皮ばかりになっていた生存者たちは、自分たちを解放してくれる部隊を見つけたとき、どのような思いであったろうか。

ダッハウ強制収容所は政治犯やユダヤ人、戦争捕虜など二〇万人以上の人間が送り込まれ、うち四万人以上が収容中に死亡することとなった収容所だ。

自らも、家族を殺害されはしなかったものの、国家により強制収容されたものもいる日系アメリカ人兵士が、遠いヨーロッパの地で戦い、ドイツの強制収容所を解放したのである。

## 戦功と犠牲

一九四五年四月、第442連隊戦闘団はイタリアに戻り、「ゴシックライン突破作戦」に加わった。ゴシックラインは約六カ月もの間、連合軍の行く手をはばんでいたドイツの防衛線だった。当たって砕けろの精神で、部隊は半日もしないうちにモルゴリト山でこの防衛線を突破し、それから三週間後、ドイツ軍はポー渓谷まで後退し、五月二日、ついに降伏したのである。

十カ月にわたったドイツとの戦闘において、第442連隊戦闘団はめざましい戦功を挙げた。それは、七〇〇人以上の戦死または行方不明者という、大きな犠牲と引き換えに得られたものだった。そうした戦功に対して、第442連隊戦闘団はパープルハート章受章者九四八六人のほか、大統領部隊感状七回、議会名誉勲章一人、殊勲十字章五二人、銀星章五八八人、銅星章二〇〇〇人をそれぞれ受章した。

第442連隊戦闘団は、アメリカ軍事史上、その規模と戦闘期間を考えると、もっとも多くの表彰を受けた部隊という名誉と賛辞を得たのである。差別のなかから、アメリカ的価値観を体現することになった彼らの戦いとその栄誉は、文字通り血であがなわれたものだった。

## 軍情報部——第二次世界大戦におけるアメリカの秘密兵器

### 情報収集に従事した日系兵士

第二次世界大戦中、二世兵士は戦闘だけではなく、日本軍を相手にした軍事諜報活動もおこなっていた。彼らもまた、「日系アメリカ人は日本軍とは戦わないのではないか？」という疑念をみごとに打破する力になった。

情報活動を担う兵士たちの育成は太平洋戦争の勃発直前に始まっていた。

一九四一年十一月一日、アメリカ陸軍は、サンフランシスコ・プレシディオに軍事上の情報活動を行うための学校、「軍情報部（ＭＩＳ）語学学校」を開校した。すでに太平洋の両岸にはきな臭い空気が漂い、日本との戦争が避けられないと思われていたからだ。

そして真珠湾への攻撃があり、予想通りに太平洋戦争が始まることになった。敵である日本人の言語を理解できる日系アメリカ人が学校に集められ、情報活動を行うための教育を受けた。そして、合計六〇〇〇人を超える二世たちが学校を卒業した。

彼らは前線に派遣され、主要な戦闘と日本軍への侵入活動に従事した。アメリカの陸軍、海軍、海兵隊、それに空軍に配属されただけでなく、イギリス、オーストラリア、カナダ、ニュージーランド、中国、それにインド軍に〝貸与〟された。

一九四二年以降、ＭＩＳの二世兵士たちは、日本軍への反攻作戦に参加した。ガダルカナル島の戦い、ニューギニアやサイパン島、フィリピンでの激しい戦いなどだ。彼らはまた、硫黄島と沖縄にも上陸した。

彼らの任務は、日本軍がのこした命令書や地図、兵士たちの日記や手紙といった、あらゆる文書の翻訳や、日本人捕虜への尋問、敵の通信を傍受して解読することなどだった。また、戦場では投降の呼びかけや、日本兵と民間人が潜む洞窟への攻撃もその任務だった。

だが、このような二世兵士たちのはかりしれないアメリカへの奉仕は知られていなかった。それは、彼らの仕事が秘密の任務とされていたからである。

彼らは、対日戦におけるアメリカ軍の秘密兵器だった。

チャールズ・ウィロビー少将（連合国軍最高司令官総司令部参謀第二部長）の言葉を借りれば、「一〇〇万人もの命を救い、対日戦の終結を二年早めることに寄与した」のである。

# 第１３９９工兵建築大隊――大食漢たち

## 縁の下の力持ち

戦争をするには、ただ単に敵と戦うだけではなくて、兵士やその食糧、弾丸を運ぶための道路や宿舎、倉庫を作ることも大事なことだ。この任務にも、日系アメリカ人の部隊が編成され戦争に参加した。

その名は「第1399工兵建築大隊」。日本軍との戦いに参加した、唯一の日系アメリカ人による部隊だ。

この部隊は、一九四四年四月二十六日、オアフ島ショフィールド・バラックスで編成された。

彼らは、ハワイのオアフ島に防衛用の施設を建設したのをはじめ、五四以上もの大型防衛プロジェクトを完遂した。その一部を紹介すれば、大型の飲料水タンク（このタンクは今でも使われている）、ジャングル訓練用の施設、砲座、弾薬の保管庫、給排水のシステム、倉庫や飛行場、山岳の道路、休息・娯楽キャンプなどなど、書いていくときりがない。

第1399工兵建築大隊は、その貢献と卓越した戦功により一九四五年十月、「勲功章」を受章した。

〝大食漢〟という名を持っていたこの部隊が、第二次世界大戦におけるハワイの知られざる英雄としての名声を獲得したのである。

日本海軍により行われた真珠湾攻撃

# 第一章 一九四一年十二月七日

ここでは、日系アメリカ人たちが、一九四一年十二月七日（アメリカ時間）、日本海軍による真珠湾への攻撃に対し、どう行動し、何を考えたのかを、その手記からたどる。

本当に戦争になったとき、彼らはアメリカのために戦うことを選んだ。葛藤もあったろうが、真珠湾攻撃は日系二世がアメリカ合衆国の市民としてのアイデンティティを獲得する大きなきっかけとなったのである。そして、戦争におもむくことでアメリカとその理念を守るという、彼らが選んだ行動は、ひいてはアメリカ国内で彼らが権利と平等を獲得するための戦いの起点ともなっている。戦争に巻き込まれた若い二世たちにとっての、運命の一日についてみていこう。

そして、そもそもハワイの日系人たちは戦前、どのように自分たちのアイデンティティを作ってきたのかについても、あわせてみていこう。

## ハワイの日系一世たちと二世

## 農業労働者として

戦争が起こる前、ハワイの日系アメリカ人たちは、ハワイで農業労働にいそしんでいた。ハワイはサトウキビの栽培などが一大産業であったから、大量の労働者を必要としていたのだ。そこに日本人が移住していったのだ。

農業労働者としてプランテーション（大規模農園）と契約し、朝から晩まで働いていた日系一世は、ハワイで富を得て母国に錦を飾ることを夢見ていたという。

そして、一世は一方ではまた、日本の慣行をしっかりハワイに持ち込み、日本の休日にのっとって仕事を休み、正月には餅つきをするなど、日本的なアイデンティティの保持に一生懸命であった。

けれど、どうしても年がたてば、状況は変わってくる。日本を知る一世と、そうでない子どもたちの間では何年かたつと、世代間のずれが次第に見えてきたのだ。

## 親子の感覚のずれ

親とは違い、最初からハワイで育ち、いやおうなくアメリカ化されていった子どもたちは一世にとって〝不吉〟な質問を口にしはじめていくようになった。

「なぜわたしたちは、日本人になるためにそんなに頑張らなくてはいけないの？」

「なぜぼくたちは、パールハーバーに来ているぼくたちの国の軍艦を見に行かないの？」

日本にいるのと同じように暮らし、いつかは日本に戻りたいと思っている親は、自分の前に開かれている生活のアメリカ化に対して非常に消極的だった。

「その一因は、日本人という民族が他の人たちから温かく、気楽に受け入れられなかったという〝計算違い〟にあったと思う」

とコンラッド・ツカヤマ（第100歩兵大隊）は述べている。

もっとも、一九二〇年代の終わりごろには親たちもハワイに根をおろし、日本に帰りたいという願望も消えつつあったのだが、日本人としての精神を子どもたちが失ってしまうことに、あらためて親の世代は悩むこととなった。

## 日本人学校

もともと、親たちの世代は教育熱心だった。子どもたちに対し「勉強をしなさい」と念仏のように繰り返した。そして、どんな犠牲を払ってでも自分たちの子どもをハワイ大学に入れようとしたのである。サミュエル・ササイ（第442連隊戦闘団）はその理由を語る。

「わたしたちの親が、教育と教育を受けた人を崇拝する文化の国からやってきたことである。彼らは、砂糖プランテーションにおける単調な労働から自分たちの子どもを救いだすことができる、唯一の方法は高等教育であることを本能的に知っていたのだ」

けれども、先に述べたように、教育の結果、子どもたちが日本人としてのアイデンティティを失うことを彼らは恐れていた。そこで親たちは結束し、とぼしい収入をさいて、日本人学校を作るために多額の寄付をしたのである。こうしてハワイ中の主要な町、そして日本人コミュニティーがある主要な島々に、日本人学校が次々と作られることとなった。ササイは語る。

「（日系一世は）自分たちの子どもが急速にアメリカ化していくことにある種の恐れを感じていた……。二世たちも親たちと日本語で会話することがほとんどできなくなっていった。親の故郷の方言ともなればなおさら、ちんぷんかんぷんだった」

ササイの話をあらためて聞こう。子どもたちからすれば、当初、日本人学校に通うのは面倒なことだったという。

「その当時、普通の公立学校の終業は午後二時半だった。だからわたしたちは、三時半に始まる日本人学校に間に合うように町を全速力で走らなければならなかった。日本人学校では平日は一時間、土曜日の午前は二時間の授業が行われた。教師たちはとても厳格で、体罰を加えることもあった。わたしは日本人学校に行くのが本当にいやだった。というのは、平日の午後と土曜日の午前、日本人学校に通うと、公立学校での運動やクラブ活動に参加することがまったくできなくなってしまったからだ……」

日本人学校における教育は読み書きが中心だった。だが、日本式教育ならではの科目もあった。それは、現代の言い方では「道徳」、当時の言い方では「修身」の授業だった。

「わたしが今も『恩』『義理』『忠義』『辛抱』『頑張り』といった道徳的教訓をよく覚えているのは、強制的に行かされた十二年間におよぶ日本人学校における修身の授業によるものだと思う。日本人学校はあまり好きではなかったが、それでもわたしが今日、こうして日本語の読み書きや会話ができるのも（どれも限られたものではあるが）、いやいやながら通った日本人学校における十二年間の訓練のたまものであることは確かだ。そのおかげでわたしの人生がどれほど豊かになったことか……」

日本人学校が、アメリカにおける唯一の日本語専門家のグループを二世を利用することで作ったこともまた記憶されるべきだ、とササイは述べる。

「もし彼らがいなければ、アメリカは第二次世界大戦であれほどまでに多くの翻訳者や通訳者を派遣することはできなかっただろう。彼らが行った戦時の諜報活動は、戦争の期間を何カ月も短縮したといわれている……」

## アメリカ国籍を取るんだ

日系アメリカ人のアイデンティティの問題は国籍の問題にまでおよんだ。

日本とアメリカの国籍のどちらを取るのか、また高等教育を受けた日本人子弟たちは祖国についてどう考えるのか、といった点での、世代間の軋轢がやむことがなかったのだ。

当時のササイの悩みを、彼はこのように証言した。

「一九四〇年だったか一九四一年だったか、わたしは、日本国籍を捨てるかどうかという問題をめぐって巻き起こった、家族と地域社会のいざこざに巻きこまれた。

日本側は、わたしは日本国籍を持つ両親から生まれたのだから日本国籍者なのだ、つまり『血統主義』という法の考え方を主張した。

一方、アメリカは『出生地主義』、つまり生まれた土地によって国籍が決まるという考え方によってわたしにアメリカ国籍を与えた」

この問題に関しては大きな議論が巻き起こった。二重国籍をどうするか、だ。だが、結局、国籍については、地元の日本領事館を通じて提出した願書に署名し誓約して、日本国籍を失うという結論になった。ほとんどの二世にとってこれは、自分たちがどこの国の市民として生きていこうと考えているのかということについて二世がどう考えているかを、白人社会に間近に見せる機会になった。

「両親は、そうした決定をしなくてはならないことをこころよく思ってはいなかったが、『最後に決めるのはおまえだ』と言ってくれた。両親は、たとえ移民本人が望んでもアメリカに帰化することを認めない、日本の移民法に対して手厳しい批判を加えたが、同時に、二世は二重国籍者である、と主張するアメリカの扇動主義者に対する批判も忘れなかった。

わたしにはためらいはなかった。そして、そのうちわたしの名前は、岡山県にあるササイ家の戸籍から抹消された。それは、岡山のササイ家において多くの話題を呼んだにちがいない。かくしてわたしはササイ家で唯一のアメリカ人になった、というわけだ」

日本との戦争が始まる以前、国家間の緊張とは別の緊張、たとえば世代間のあつれきと緊張のなかで日系アメリカ人たちは生きていた。

自分たちのアイデンティティをいかに獲得するのか、その内実をいかに変容していくのか、もしくは変容させてはならないのか……。悩みながら彼らは一歩ずつ歩んでいったのである。

## 真珠湾攻撃・運命の日

真珠湾（パールハーバー）攻撃の前より、アメリカと日本の関係は悪化していた。一九三一年の満州事変、一九三七年の日中戦争と、ずっと日本は中国に攻めこんでいた。そして、一九四〇年、一九四一年とフランス領インドシナ（現在のベトナム社会主義共和国）に軍隊を進め、アメリカと日本の対立は激しくなっていた。

そして、一九四一年十一月二十六日には中国とフランス領インドシナから日本軍を撤退させることなどを求める、ハル・ノートがアメリカの国務長官（アメリカ外交のトップ）であるコーデル・ハルより日本に提示され、日本側はこれを最後通牒として受け取ったのだ。

ハル・ノートが渡されたのと同じ日、ハワイを攻撃するため、日本海軍の空母を中心とする艦隊が秘密のうちに出撃した。

## 攻撃前日まで

日米関係は緊迫していた。だが日系兵士たちは、攻撃の前日（十二月七日。日本では真珠湾攻撃を十二月八日としているが、ハワイ時間では十二月七日のできごと）までは、戦争をリアルなものとしてはとらえていなかった。彼らは平時と同じような感覚の中で生活しており、戦争よりも、週末の休暇をいかに過ごすか、ということが大きな問題になっていた。

セイソー・カミシタ（第100歩兵大隊）は述べている。

「十二月五日の金曜日の夜、わたしは（外出をするための）週末パスをもらおうと上司である曹長のところに行った。曹長は、

『週末パスを与えるのはかまわないが、緊急のときはどこへ連絡するんだ？』

と長々と質問してきた。そのときのわたしの答えを今もはっきりと覚えている。というのは、わたしは週末パスを使ってコケエのワイメア渓谷にヤギ狩りに行く計画を立てており、曹長が連絡することができる正確な場所を伝えたくても伝えようがなかったからだ。

わたしに対して、これ以上質問しても無駄と悟った曹長だが、週末パスの発行は許可してくれた。だが、わたしの気分はどうも晴れなかった。そのせいでわたしは、翌日、つまり一九四一年十二月六日のヤギ狩りをやめようと考えはじめた」

彼は結局ヤギ狩りをあきらめたものの、兵士たちが何を一番の問題としていたのかがよくわかるエピソードだ。戦争より、週末の過ごし方が大事だったのだ。

だが、週末をいかに過ごすか、ということに思いをめぐらせるような平和な日々は、もうすぐ終わってしまうことを、彼らのうちの何人が理解していたのだろうか。

## 真珠湾攻撃と日系アメリカ人のとまどい

真珠湾への攻撃は十二月七日の朝のことだった。

七時五十二分、真珠湾に到達した日本軍の攻撃隊が「トラ・トラ・トラ」（ワレ奇襲ニ成功セリ）という一文を打電した。そして、湾内の軍艦や施設に攻撃をしかけた。

日本側は攻撃の成功に国中をあげて、おおいに沸いた。

一方、アメリカ側では、日本からアメリカへの宣戦布告の三十分前に攻撃が開始され、人びとは「パールハーバーのだまし討ち」と大いに憤った。

攻撃がもたらした戦艦アリゾナなど三隻の撃沈をはじめとした被害により、アメリカ海軍の太平洋艦隊は大打撃を受けた。炎と煙が真珠湾をおおうなかで、二〇〇〇人以上の死傷者を出すことになった一日であった。

この攻撃は日系アメリカ人たちに対しても、自分たちの親の祖国との戦争がはじまった一日として、混乱ととまどいをもたらすものであった。

それまで、前日のパーティーや女性とのデートの話などに花を咲かせ、戦時の雰囲気などなかった兵士たちが、いきなり突きつけられたのが真珠湾の惨状だったからだ。

平穏であるはずの日曜日。だが、ハワイは攻撃を受け、ラジオがけたたましく叫んでいる。

「これは演習ではありません！　いま日本軍がパールハーバーを攻撃しています！」

日本軍の戦闘機、ゼロ戦が、あたり一帯に機銃掃射をし、急降下をしている。

キノコ雲があたり一帯にたちのぼっている。にわかには信じられない光景だ。

トクジ・オーノ（第１００歩兵大隊）が当時の状況をこう語る。

「わたしたちはバスに乗りこんだが、そのあとの情景を今もわたしははっきり覚えている。

バスには、わたしたちのような徴集兵のほかに正規の兵士たちも乗っていて、長い道のりのな

かだから、お互いに話をしていた。それはどこにでもあるような軽い内容で、

『きのうのパーティーはすごかったな』

『きのうの夜は飲みすぎたよ』

『あいつは彼女とすてきなデートをしていたよ』

といった、陽気でたわいない会話だった。

だが、わたしたちがパールハーバーに近づくと、立ちのぼる煙がわたしたちの目に飛びこんできた。パールハーバーに着くと、半分沈みかけた船、完全に沈んでしまった船の残骸、そして水中に没した飛行機からのぼる煙が見えた。誰もが腰を抜かさんばかりに驚いた！　その瞬間、バスに乗っていた全員が、誰に確認することもなくこれは模擬戦でも映画でもないことを知ったのだ。これは現実だ。バスの中には何秒ものあいだ沈黙だけが続いた」

トム・ミズノ（第442連隊戦闘団）の証言はこうだ。

「一九四一年十二月七日、わたしは、両親、いちばん上の兄とその妻、友人のコウサク・イソベを訪ねてハレイワに向かっていた。それは、冷気のする、だがとてもよく晴れた静かな十二月の朝だった。わたしたちはパールハーバーを通りかかった。それは、いつもと変わらない日曜日の朝で、変わったところはどこにもなかった。だが、ウィーラー飛行場の滑走路に近

づくにつれ、光景は一変した。上空を何機もの飛行機が飛びかっていて、わたしはてっきり、午前七時五十五分という早朝に軍が訓練をしているのかと思った。

そのとき、ウィーラー飛行場が日本軍の飛行機によって攻撃されていることに気がついた。わたしたちは、格納庫や地上の多くの飛行機が爆撃されているのを目撃した。

『これは、まちがいなく敵軍による攻撃だ！』

飛行機の一機がわたしたちの頭上を通過するとき、日本軍のものであることを示す赤い丸印がはっきりと見えた。そのなかには、基地の居住区目がけて急降下攻撃をして、駐車中の車両を炎上させているやつもいた」

まわりに誰もいないことに気づいた彼らは、姉の住むワヒアワに向けてクルマを走らせた。ラジオでは、七時五十五分に真珠湾が攻撃されたことを伝えていた。彼は証言を続ける。

「わたしたちは、両親が住むハレイワに向かうために急いでカメハメハ・ハイウェイを走った。古い鉄橋を過ぎて、丘をめざすとパイナップル畑が目に入ってきた。丘に差しかかろうとするとき、とつぜん敵機がわたしたちのクルマを目がけて銃撃してきたんだ。それは明らかにわたしたちを狙った機銃掃射だった。

『神様、助けてください！』

と思わず叫んだ。クルマのフードの上に、日本軍が撃った銃弾の薬莢《やっきょう》が落ちてきたんだ」

彼の目には、日本の航空機と、その攻撃により燃え上がる艦船の姿が見えた。

「わたしたちは煙の下を見つめた。何隻もの艦船が傾き、燃えあがっていた。上空には何機かの爆撃機とゼロ戦が、あるものは弧を描き、あるものは爆弾を落としながら飛んでいた。そのあとに見たのは間違いなく、一機のゼロ戦が今にも沈もうとしている戦艦アリゾナの大煙突目がけて急降下する姿だった。それから爆発音が聞こえてきた。それはカオスそのものだった」

## 混乱の極みのなかで

平穏で楽しいはずの日曜日が戦争の初日となった。

惨劇は、衝撃的なものだった。

鋭く研がれた刃のような日本軍の攻撃に比べ、不意を突かれたアメリカ側の対応は混乱を極めていた。恐怖にとらわれた兵士が機関銃をやたらめったと撃つなかで、日本軍がさらに新たな攻撃をしかけてくるという噂が流れた。

「パラシュートで日本軍の兵士が降下してくる！」

というのだ。恐怖のなかで、さまざまなアクシデントが発生したのである。混乱を経験した、ジェシー・M・ヒラタ（第100歩兵大隊）は語る。

「上官たちが、パラシュート部隊が降りてきてハワイの島々を占拠するのではないかと考えたのである。彼らの恐怖心はわれわれ新兵にも伝染して、みんな、びくびくと怖がっていた。これは、とても危険な状態だった。恐怖のなかで、わけもわからず銃を撃ちまくるのだから。たとえば、ある者が、

『止まれ！』

と呼びかけ、答えがなかったから、みんなが銃を発射した。だが、そこにいたのはウシだった。また別の者が、

『止まれ！』

と叫んで、答えがないとバン！　という具合だった。朝になってから確認するとそれは、後ろが平らになったセメント製の高度標識だった。ほかにも、こんなこともあった。

『いろんな色の明滅灯が見えた、あれはきっと敵の信号に違いない！』

と兵士たちが判断した。だが、彼らが指さす方向を見ても、わたしには暗闇以外、何も見えなかった。みんなが撃ちはじめた。見えない物を撃つことはできないと思っていると、上官は

わたしをけとばした。

『おまえは何をやっているんだ？　早く撃て！』

と命じたんだ。しかたなくわたしは暗闇を目がけて発砲した。翌朝、たまたまわたしたちが発砲した方向にいた『第２９８連隊』所属の友人が、

『よう、おまえらはなぜおれたちを狙ったんだい⁉』

と言った。また、丘の上で葉の間を見つめていた一人の新兵は、雲とパラシュートとを見まちがって、

『パラシュートだ！』

と叫んだ。ほかの兵士たちがそれを聞きつけて、大声をあげて丘を駆けおりてきた。まるで緊急発進のようだったよ」

もっとひどい混乱もあった。ヒッカム飛行場に着陸しようとした友軍機に発砲してしまったのである。ヒラタは、そこで、銃を乱射する兵士を見た。

「トンプソン銃（小型の機関銃）を撃っていたＧＩ（アメリカ人兵士）の指は、トリガーの上で恐怖で凍りついていた。彼があわてふためいて、地面の上で四方八方に発射したものだから、二人の兵士が、必死に彼に飛びついて銃をはぎ取ったんだ！」

「こいつはジャップですよ?」

日系アメリカ人であるがゆえのアメリカ軍兵士からの敵対的な対応もあった。彼らは日本軍の味方をするだろう、という偏見ゆえのできごとだ。

これもジェシー・M・ヒラタの経験談だ。

「一人の海軍憲兵がわたしの肋骨にピストルを突きつけて上官に聞いた。

『こいつはジャップですよ? どうしましょうか?』

わたしはこの男に逆らわないよう。努めて冷静であろうとした。上官は、

『行かせてやれ』

と答えた……」

上官の判断で危機一髪、というところを救われたが、もし上官が憲兵の言うことを聞いていたら、ぞっとしない事態になっていたことだろう。

## 軍の再編成と戒厳令

大混乱のなか、軍隊を再編成し、兵士を徴集する命令が出された。トム・ミズノの証言だ。

「戦争が正式に宣言されると、徴兵委員会が十八歳以上の兵役適格者の登録を開始した。恐ろしい朝をわたしたちと一緒に過ごしたコウサク・イソベはのちに第４４２連隊戦闘団に志願した。彼は後に、フランスで戦闘中に行方不明になったと認定された。むろんわたしも志願したが、それは受け入れられなかった。というのは、そのころわたしはパイナップル会社で働いており、食料生産を継続するための農業労働者が必要だと判断されたからである。最終的にわたしが徴兵されたのは、兵員がだいぶ不足してきた一九四四年八月のことだった。こうしてわたしは（第４４２連隊戦闘団の）Ｌ中隊の一員になった。

アメリカの世界大戦への参戦に関することで、今でも一番よく覚えていることといえば、やっぱりパールハーバー攻撃のときの、ウィーラー飛行場でのできごとだ。それから何年もたったあとも、ウィーラー飛行場への攻撃について人びとがなぜあまり口にしないか不思議でならなかった。だがわたしは、ウィーラー飛行場の格納庫がまるで爪楊枝のようにくずれ落ちるのをこの目でたしかに見たのだ……」

混乱のなかでハワイは、軍、民間を問わずさまざまな統制がかけられ、軍司令部から戒厳令が出された。その内容を記そう。

第一条

ジョナサン・B・ポインデクスター知事、チャールズ・M・ハイト氏、レスター・ペトリ市長、チャールズ・ヘメンウェイ氏、アーネスト・カイ司法長官代行をそれぞれ、軍政府長官の諮問委員に任命する。

第二条

すべての酒類販売店を閉鎖し、酒類の販売を禁止する。

第三条

今後は軍事委員会が、適切に訴追されるかぎり、いかなる人物にたいしても裁判することができるものとする。

第四条

前項には文民に対する裁判も含まれる。

第五条
在留日本人に対する措置。在留日本人は、外国人として行動しなければならない。在留日本人はまた、銃器、武器、弾薬、爆発物、短波ラジオ受信機、送信機、信号装置、電線またはコード類、カメラ、あらゆる形のハワイの地図等を放棄しなくてはならない。

第六条
オアフにある学校は公立・私立ともに、追って通告があるまで閉鎖する。

攻撃の翌日、八日にはすべての店舗が閉鎖を命じられた。ガソリンスタンドも閉鎖された。午後四時三十分、公式の空襲警報があった。その後、ルーズベルト大統領の演説があり、
「どれだけ長くかかろうとも、この戦争にはかならず勝利する！」
と語った。そして、日没とともに灯火が消されていった。

# 過ぎ去った平和な日々

## 変わってしまったハワイ

二〇〇〇人以上の死傷者を出した攻撃後の光景は、凄惨さと奇妙な静けさが同居していたものだった。

真珠湾攻撃で大きな被害を受けたハワイ。

「ホノルルは今やすっかり変わった……」

とジョージ・アキタ〈陸軍情報部〈ＭＩＳ〉〉は当時の日記に記している。

攻撃を受ける前、街には多くのクルマが行きかい、クレス、シアーズ&ローバック、リバティーハウスといった百貨店や商店は買い物客であふれていた。一九四一年のクリスマスを祝うイルミネーションが街にきらめき、休日気分が満ちていたことを彼は記している。

劇場とスタジアムは定員いっぱいまで混みあい、あちこちでパーティーや宴会が開かれていた。南の島の大都会は、はなやかな街だった。それが攻撃前のホノルルの風景だった。だが、攻撃を受けたハワイには、かつてのような華やかで平和な時間はもう戻ってこない。市民たちはその事実を、受け入れざるをえなくなった。

アキタの日記をまた引用しよう。

「まず第一に、誰もが緊張でぴりぴりしている。誰もが何かを待ち、何かを見つめている。何かが起きることに身がまえている。人びとは、真珠湾への空襲のショックを乗りこえてもなお、戦争の恐怖を深刻に、重く受けとめている」

クリスマスのにぎわいは嘘のように消えた。灯火管制（夜間の照明を制限し、空襲などに備えること）で夜は暗くなり、街頭から兵士と市民の姿は消えた。兵士は日本軍の攻撃に備えて持ち場につかねばならず、市民たちもまた、空襲の際に自宅から離れなければならなくなることを恐れ、また、できるだけ自宅にいるようにとの当局からの要請に応えるために、その多くが自宅にとどまっていた。

一方で、新聞売りの少年が非常に増えていった。アキタの日記は記している。

「だれもが戦争の最新状況と総司令部の指示を知りたがっているため、新聞を売る仕事はいまとても繁盛している。戦争の最初の二日間で三〇ドルを稼いだ新聞売りの少年もいた」

## どこもまっくら闇

攻撃から一週間後。当初の混乱は落ち着いていった。ハワイは戦時の秩序のなかにあった。再度、ジョージ・アキタの日記に沿ってその様子を追ってみよう。

「暗くなると何もかもが静かだ（午後六時）。夜間通行を認められた車両以外、クルマはまったく走っていない。外出する市民もいないし、明かりもまったく見えない。お祭りさわぎなんかない。サロンも居酒屋もみな閉店している。どこもまっくら闇だ。ホノルルはすっかり沈んでしまった。誰もが、まるでゴーストタウンのような印象を受けるだろう」

灯火管制の規則に対する違反もほとんどなくなり、攻撃後二、三日のあいだはまだ見られた車の突進もなく、計画的に街に繰り出してクリスマスの買い物をする人が増えていった。

街は確実に戦時の体制に変化していった。

医薬品の販売は、買いだめを防ぐために規制され、銃器を持つことが制限され、花火を持つことも認められないという状況になった。

日記では病院の接収や郵便の検閲などについても述べられている。

「日本人病院は軍に接収された。『あんちゃん』（アキタの兄）も軍のために働かなくてはいけないのだろうか。彼は外国人だからそれはないと思うが……。郵便は検閲されることになるだろう。今後は手紙を書くときも、わたしたちはその規則に従わなければならない。無用な噂はしないことだ。わたしたちが目撃したいかなる行為も、具体的に記してはならない。軍艦や商船、防衛・軍事施設について書いてはならない……」

家の窓も、銃撃や爆風で割れることがないようテープが貼られ、警察官はみなヘルメットをかぶるようになった。

学校や図書館など、多くの人が集まる場所には塹壕が掘られた。ガソリンが配給制になったため、道を行く車両の数がずいぶんと減った。

## 「全員が一人のために、一人が全員のために」

戦時の体制が作られていくなかで軍隊が再編成された。

コンラッド・ツカヤマの経験をもとに、当時の状況を再現してみよう。

「わたしたちのグループは、ハワイ州兵（米国各州・準州が持つ軍。戦時には米軍の指揮下に入る）

の第298部隊に配属され、オアフ島の風上側に移動させられた。わたしは、D隊に報告すべきグループの一員になった」

彼の部隊は、全員が地元の兵士で編成されていた。

自分たちの言葉で会話できる仲間と一緒にいるということは、彼らに安心感を与えた。州兵は人種的にはまちまちだったが、同じような境遇のなかで、同じような経験をして育った、普通の労働者によって構成されていた。一部のネイティブハワイアンを除き、兵士たちはみな似たような経験を持つ移民の子どもたちだった。だから、そのだれもが〝一人前〟のアメリカ市民として認めてもらえるよう奮闘した。

彼の分隊の隊長は、物腰のやわらかいポルトガル人青年だった。小隊の軍曹は、温かいが厳格なネイティブハワイアンの紳士で、彼の下ならどんな危険な任務でもできると感じるほどだれもが信頼を寄せていた。中隊の指揮官もポルトガル人で、円熟した法律家タイプの人だった。

そのころ、ハワイ出身者の部隊はとてもめずらしかった。

部隊編成は、フットボールのチームを作るようなものだった。どの民族グループも部隊の結束に貢献したのである。地元の人間たちの間に生まれた態度は、

「全員が一人のために、一人が全員のために」

つまりどんな困難があっても仲間同士がたがいに面倒を見て、それぞれのために戦うという精神だった。この態度は地元ならではのつながりの強さが作りだしたものであり、本土出身の兵士にはとてもまねのできることではなかった。不利な状況にいる戦友を何度も助ける姿は正気には見えなかったにちがいない。そして、

「パールハーバーを忘れるな！」

「当たって砕けろ！」

という合い言葉が、ハワイ出身の兵士たちならではの自然な感情から湧き出てきたのである。

## 戦争の「意義」・差別との戦い

### 憎い敵を倒すだけではない

だが、ただ単に憎い敵と戦う、というのが戦争の目的か、というとそういうわけではなかった。

コンラッド・ツカヤマは戦争のもうひとつの〝意義〟について語っている。

興味深い話であり、本書のメインテーマのひとつでもあるので、この話を紹介しよう。

「この戦いは、日本やドイツに対する戦いだけではなく、ハワイに住むすべての市民にとって、共通の戦いでもあった。そして、戦闘の準備をととのえるなかで、その輪郭がみえてきた。最初は孤独だったが、やがてそれは次第に共通の戦い、つまり、社会的・経済的高みを目指して努力する、ハワイの非白人の大きな経験になっていったのだ」

というのだ。

## 戦争とハワイの心

実際、戦争はハワイ市民のアメリカへの統合と忠誠を強化したのだが、その動きはパールハーバー直後より始まっていた。コンラッド・ツカヤマの言葉を改めて聞こう。

「少数民族からなる支援グループも誕生し、自分たちの状況を少しでもよくしようと全員が一致して頑張った。ここにも、『オハナ（家族）』の精神が、わたしたちの生活とともにあり、より大きな世界において前進するための方法になった」

と彼は語っている。民族はちがっても、誰もがハワイの心を持っていた。もともとオハナの精神はネイティブハワイアン、つまり真正なアロハ（人間がお互いに尊重しあうこと）に満たされた民族の精神だが、戦争のなかで、抑圧された移民の息子たちの心を一体化させる考え方となったのだ。このアロハ精神は、パールハーバー以後、第100歩兵大隊の精神として貫かれることとなった。

十把一からげに「ジャップ」と呼ばれていた日系アメリカ人もまた、社会においても認めてもらおうといつも苦闘してきた少数民族の一つとして、今度こそ、祖国への忠誠を十分に誓っているアメリカ人であることを示そうと決意したのである。

そうした少数民族のなかにあって二世たちは、自分たちの仲間があげた業績をとても誇りに思った。みな、他の人たちの模範になろうと懸命に働いた。ハワイの兵士たちは、地元のつながりをもったまま部隊を編成していた。ツカヤマは続けて語る。

「『全員が一人のために、一人が全員のために』という合い言葉は二世にとっての魂であり、日本のサムライ精神、つまり『武士道』にも匹敵するものになった……」

## アメリカ人「サムライ」

日本とアメリカ、いまや戦争のなかでお互いにあいいれない関係になっていった祖国だが、だがハワイ出身の日系兵士は、日本からの攻撃と、アメリカからの不信という、板ばさみのなか、二つの祖国が持つ美徳を兼ね備えた存在になっていったというのだ。

それは、「アメリカ人サムライ」とでも言うべき存在だ、とコンラッド・ツカヤマは言う。

「わたしたちは、何がなんでも、疑いを持つ人たち、とりわけ、日本民族全体を恐れ、日本人は信用ができないと考える人たちに自分たちがアメリカに対して持っている忠誠心と精神を見せたいと強く思っていた。かつて、日本人移民は、気楽に付き合えない人たちに見えただろう。結束力が強く、とても野心的で、そのうえ、その態度と社会は強引なくらいに植民者的だった。

ハワイにいるその他の民族はフレンドリーだったが、日本人に比べて数が少なく、また、彼らが持つ高圧的ともいえる文化のありかたを必ずしもいごこちよく感じていなかったのだ。くわえて、白人のエリートたちは、自分たちの領域に非白人が入ることを認めなかった。そんなとき、こうした状況を変えなくてはいけない、日本人を祖先に持つ人はみなアメリカ的な光景になじむべきだ、という課題が二世に降りかかったのである。

戦争の勃発を機に、わたしたちの独特な背景と、他の少数民族からの支援と友好的な対応が、課題の実現に役だったことはまちがいない……」

そのために、ハワイ人の軍曹やそれに「帰米先輩」（アメリカで生まれ、日本で教育を受けた日系アメリカ人）による貢献もあった。ツカヤマは語る。

「彼らはわたしのメンター（教師）で、81ミリ迫撃砲についてわたしに教えることにことのほか関心をはらってくれた。彼のなまりの強い英語を聞いたら、不思議に落ち着きを感じただけでなく、その厳格さによってわたしは最善の行動をすることができた」

## 日系大学生も戦争に

当然というべきか、大学生も戦争に巻き込まれていった。

ヨシアキ・フジタニ（大学勝利志願軍〈ＶＶＶ〉、ＭＩＳ）もそのひとりだ。

「そのころ（戦争が始まったころ）『予備役将校訓練団（ＲＯＴＣ）』に二年間、入隊することが男子大学生に義務づけられていたが、一九四一年十二月七日、ハワイ大学ＲＯＴＣの隊員はすぐに大学に出頭せよとの命令を受けた」

真珠湾攻撃をうけて、彼は召集され、「ハワイ領土警備隊（ＨＴＧ）」への合流を命じられた。ＨＴＧは、アメリカで唯一、軍事行動を行うＲＯＴＣという名声を得ていた。

それから約一カ月半、彼らは給水塔やガスタンク、それにホノルル港の各埠頭などの警備に当たった。

だが、ここでもまた、問題になったのは彼らの出自と外見であった。

敵は日本軍だ。二世のことをまったく知らない首都のワシントンＤＣにいる軍首脳が、敵にそっくりな若者たちを、日本軍の侵攻に備えた警備隊に配属することをためらったのである。

そのため、部隊は解散されることになってしまった。フジタニの日記に戻ろう。

「一九四二年一月のある夜のことだった。集まった隊員に、隊長のノール・スミス大尉が泣きながら部隊の解散を伝えた。誰もがぼうぜんとし、そして怒った。わたしたちは涙を流しながら大尉のもとに駆けよった。ＨＴＧの解散などとうてい受け入れられないというのがわたしたちの気持ちだった。この決定に誰もが怒りを覚えた……」

だが、何人かの地域の長老たちによる助言により、数人の学生が労働部隊を結成するために志願者の募集を開始した。

一六九人の青年がこれに応じ、彼らを母体として「第34建設工科連隊」が組織された。これが、VVVの前身である。

「わたしがVVVに加わったのは、愛国的な熱情も当然あったが、冒険をしたい、友だちと一緒にいたいというのが、もっと強い理由だった」

VVVは約九カ月間、存在しつづけた。

隊員たちは、兵舎と道路の建設や修理、また採石場で労働に従事したり、懸命に働いたのである。

## あいつは敵の国の人間だから？　疑惑と監視

だが、問題はそれで終わらなかった。VVVが組織されてから二、三カ月後、仏教の宣教に従事していた父が、「潜在的に危険な敵性外国人」と見なされていきなり収監されたのである。

「わたしのなかにあった愛国的な気分が、それで突然消えさってしまった」

と、ヨシアキ・フジタニはその衝撃について述べている。しかも、逮捕は日系アメリカ人による同胞の監視がもたらしたものだった。彼の父の収容は、地方政府のG2（軍の諜報部隊）

で働く日系二世の役人が戦争がはじまってからの行動を監視し、その結果なされたものだった。このころ、日系アメリカ人に対する監視や逮捕が続発していたのである。

サミュエル・ササイが語る。

「開戦に続く数カ月は、停電、配給、軍政府からの指令、噂に次ぐ噂、恐怖、不安、混乱、そして衝撃のまさに〝万華鏡〟のような状態だった。日本人コミュニティーのリーダーたちが、よくわからない理由でＦＢＩにしょっぴかれたといった話が次から次へと流れてきたのだ」

二世たちは、日本軍が侵攻してくる可能性に備えて海岸の防衛に当たっていた部隊から、排除されてしまった。

そして、それから六カ月後の一九四二年六月、彼らは突然、任務を解かれ、武器も没収されたうえで、アメリカ本土へと短時間のうちに連れて行かれたのである。

本章を、ササイの言葉でしめくくろう。

「こんな仕打ちをわたしたちに与えた（祖先の国の）『ジャップ』を、わたしはどれほど憎んだことだろうか。疑いの眼差し、噂をささやく声、あからさまな憎悪を含んだ発言などなど、どれもみな、パールハーバーに対する彼らの卑劣な攻撃がもたらしたものだった。

わたしの母方の祖父母は、武士は戦いをいどむ前にかならず相手にそれを伝えるのだ、と教えてくれた。にもかかわらず彼らは、外交交渉の遅れを〝隠れみの〟に、宣戦布告もせずに卑怯者のように攻撃をかけてきた。

あらためて、『ジャップ』をわたしは心から憎んだ。わたしたちがアメリカに地歩を築くためにこんなにも苦労と時間を費やしてきたのに、すべてはおじゃんだ。

わたしたちが生まれたこの地で、これからもわたしたちは受け入れてもらえるのだろうか?」

イタリア戦線、機関銃を撃つ日系兵士

# 第二章

# 日系兵士、アメリカ本土へ

ハワイの日系アメリカ人たちは、アメリカ軍兵士として祖国に貢献することを願った。

だが、米政府や軍は、その忠誠を疑い、ハワイの防衛に日系兵士をあてることを拒んだ。

彼らはアメリカ本土に送られ、そこで基礎的な訓練に当てられることとなった。

太平洋の孤島からアメリカ大陸へ。

そこで彼らが見た光景や経験はいかなるものだったのか。

雪の降る地域、乾いた南部の一帯……ハワイとは違う風土のなかで、彼らは兵士としての訓練にいそしむことになった。

## 忠誠への疑念

### 思いとのずれ

ベン・H・タマシロ（第100歩兵大隊）の記憶から話をはじめよう。

彼は二世として、休日には教会の日曜学校に通い、ニューヨーク・ヤンキースの全打順を一生懸命に覚えるような子どもとして育った。だが、彼は一方で父親ゆずりの日本的な心性も育てられていた。

「父は以前、よくわたしをガレージに誘って、剣道の防具を着けて、竹刀で激しく打ち合ったものである。明治維新の立役者である西郷隆盛がわたしにとっての英雄の一人になったのも、おそらくこのためだと思う。学校でアメリカ史を勉強したわたしが、アメリカに起きた大混乱を知って、戦争となったとき、二世兵士として何をすればよいのかをすぐに考えたのも、こういった、父から教わったものがあったからにほかならない」

日米両国の精神を持っていた二世の兵士たちだが、少なくとも自分たちの祖国はアメリカであり、戦争になれば祖国への忠誠を果たさねばならない、と強く感じていた。

だが、彼らの思いと、他者の見方にはずれがあったのだ。

これまでも日系アメリカ人の境遇について述べてきたが、あらためてそれを追っていこう。

## 「日本の名字を持つ者は例外」

戦前であっても、日系だというだけで兵役での差別が存在した。

ミノル・キシャバ（第442連隊戦闘団）の証言を聞こう。

「わたしは、マウイ島のラハイナにある砂糖プランテーションコミュニティーだったマヒナで育った。両親のチョウエイ・キシャバとウト・キシャバは、沖縄からハワイにやってきた移民だった。わたしがラヒナルナ高校の三年生だったころ、州兵に参加する学生を求めて勧誘員が学校にやってきた。彼の説明を聞いたわたしは、州兵に志願することを決めた。

だが、その次に彼が言ったことがわたしの心を打ち砕いた。

『規定の年齢に達した者なら誰でも志願ができるが、日本の名字を持つ者は例外である』

彼はこう言ったのである。打ちひしがれたわたしは教室に戻ったが、意気消沈と落胆がわたしの心を支配していた」

軍隊における、差別的な経験はほかの者も経験している。

サミュエル・ササイの証言だ。

「わたしが高校三年生のときのできごとだった。それは一九四一年の九月、かのパールハーバー爆撃が起きる三カ月前の新学期だったのを覚えている。

当時のわたしは、ルーズベルト高校のＲＯＴＣに所属していた。三年生の生徒が予備役将校としての訓練を受けるのだが、わたしたちは、試験の成績によって階級が決まる、つまり、試験の結果がもっともよい者がもっとも高い階級につけるということを聞かされていた。だから、試験においてもっとも高い成績を収めたわたしは、能天気にも最高の階級を獲得するのは自分だと思いこんでいた。

だが階級が発表されたとき、自分のそれが第十位になっていることを知ってわたしはショックを受けた。すぐさま、わたしたちの指導にあたっている若いアメリカ軍中尉に面会を申し入れて、時間を取ってもらった」

そのとき、以前この中尉が、「試験の成績によって階級が決定される」と言っていたことをササイが指摘すると、中尉はひどくうろたえ、長い沈黙のあとにこう言った。

「こんなことは、どこにでもあるさ……」

ササイは振り返る。

「このみにくい真実は、ゆっくりとわたしの脳裏にしみこんでいった。

日系移民の子どもたちの成績がどんなによかろうと、白人の親を持つ子どもがいるかぎり、日系アメリカ人がＲＯＴＣの最高位につくことは不可能だ、ということは明らかだった。わたしは、白色人種が支配する国において黄色人種であることの意味を、この重く苦い教訓のなかで学んだ……」

「おまえはアメリカの兵士」

だが、いかにアメリカという国家が日系アメリカ人の忠誠を疑っていても、日系人の考え方は違っていた。

みずからが生まれた国に忠誠を尽くすのが正しいことだ、という価値観を持っていたのだ。父母と子の生まれた国が違い、そしてその二つの国が戦うのなら、親子で敵対することも仕方がない、というものだったのだ。戦争に突入したハワイでは、親がそう子に伝えたのである。だが、日系アメリカ人が持っていた、この考えを国家や軍の首脳部は理解していなかったのだ。

セイソー・カミシタ（第100歩兵大隊）の話を聞こう。

「ハワイ各島の安全が確認されてから、初めてのパスを使ってわたしは家族の元に帰った。父と母が、勝手口まで迎えに出てきてくれた。両親はわたしに頭を下げ、そして手を握ってきた。わたしはちょっと驚いた。というのも、生まれてこのかた、両親が手を握ってきたことなどなかったから。そして、母がまず話しかけてきたが、その言っていることがよくわからなかった」

カミシタが聞き返すと、彼の父母はこのように言ったのである。

「おまえはアメリカの兵士で、その母国はアメリカだ。わたしたちの母国日本は、おまえの母国を攻撃した。だから、わたしたちはおまえの敵になったのだ。もしおまえが、アメリカの兵士として私たちを撃つことを自分の義務だと思うなら、私たちはおまえを誇りに思うよ」

カミシタはびっくりして、思わずこう叫んだ。

「もし父さんと母さんがおれを殺そうとするなら、それならば父さんと母さんを撃つよ」

両親は、

「ありがとう。何かおまえのためにできることがあれば、なんでも言っておくれ」

と言った。カミシタの答えは簡単なものだった。

「ただおとなしくして、アメリカ政府が言うとおりにしていればいいんだよ」

最後にカミシタの父が話した。

「セイソーよ。アメリカの兵士として、おまえは自分の母国と自分自身、そしておまえの家族に恥をかかせるようなことをしてはならないぞ。たとえ命を捧げなければならないときが来ても、最善をつくさなければならないぞ。本当の日本の兵士は、生まれた国に命を捧げるものだからだ」

と、結論のように息子に言ったのである。これが日系アメリカ人の考え方だったのだ。

# ホノルルを離れて……一九四二年六月

## 本土へ向かうということ

一九四二年六月五日、日系兵士たちとハオレ（非ハワイ人、主に白人を指す）の上官たちからなる部隊は、ホノルルを出航した。

彼らは、運がよければアメリカ本土に無事到着するかもしれないし、もしかするとあたりをうろうろする日本海軍の潜水艦による襲撃で、海のもくずと消えてしまうかもしれなかった。

そのとき、太平洋で猛威を振るっていた日本海軍は太平洋の中部にあるミッドウェー島の攻略をめざしてすでに作戦を開始しており、もしそれが成功すれば、ハワイ侵攻の可能性も十分にありうる、という状況だった。

コンラッド・ツカヤマが当時を語る。

「（ホノルルを離れたとき）徴集兵や予備役の兵士など、本土行きのニュースをためらいと深刻さをもって受け取った人たちが少なからずいることに気づいた。わたしの友人もそうした人たちの一人だった。というのも彼は結婚していたからである。

その他の人たちもまた、自分の家族と離れて不安な旅に出ることについて、気乗りがしなかったにちがいない。さまざまな感情が交錯していた。小さなグループがいくつも生まれ、ある者は興奮に浮かれ、またある者は深刻な議論をかわしていた……」

そのとき、出発する兵士たちを見送ったのは、ひとりの年老いた日本人女性だけだったが、兵士たちが乗り込む輸送船マウイ号がドックから曳航され、埠頭を出るときには、数人の二世女性が手を振って兵士たちを見送った。だが、秘密の出航だっただけあり、その船に二世の部隊が乗っていることを知る人はごくわずかだった。

もしかするとこれがハワイで見る最後の夕陽だと思うと、さしもの血気盛んな若者たちも静かに祈りを捧げ、あるいは水平線に沈む夕陽をじっと見つめつづけていた。

その後は、船の指揮は海軍がとることになった。食事の配給を待つ人びとの列ができ、兵士たちの乗った船には、さまざまな指示が飛びかった。

兵士たちは日本海軍の潜水艦による攻撃に備えて役割と持ち場の番号を覚えた。攻撃を受ける可能性は日没直後が一番高いとされた。船の中に、缶詰にされたイワシのようにぎゅうぎゅうに押し込められた男たちを、無力感がいやおうなく襲った。

「これは、わたしの全兵役期間中、もっとも動揺し、重苦しかった経験のひとつだった。というのも、船酔いでうめき苦しむ兵士たちに囲まれ、自分自身もまた、ひどく体調が悪いにもかかわらず、ずきずきする頭と、天地が逆さまになったような状態の胃に逆らって食べなければならず、そのうえ、朝まで生きていられないのではないか、あるいはこの苦しみがずっと続くのではないかという恐怖を感じていたからだ。

だが、海上でのこの悲惨な日々が何日か過ぎたあと、本土が近づいてきた。わたしはやっと、毛布を手に甲板まで何とか上がることができた。それはまるで天国にたどり着いたような気分だった。やっと本土に着いたんだ……と。

飛行船がわたしたちの上空をゆっくり旋回していた。甲板の上には荒々しい冷気が吹き渡っていたが、重苦しい気持ちは消えていった。はるかかなたにゴールデンゲートブリッジとベイブリッジが見えると、だんだんとうれしさがこみあげてきたんだ。

不安はあったものの、写真でしか見たことがなかった、本土のさまざまな建物を見ると、心が晴れあがってきた」

ツカヤマたちは本土にたどり着いたのだ。

## カルチャーギャップ

だが、日系兵士にとっては、本土行きは遠い旅路の始まりだった。

第100歩兵大隊は、戦場で合衆国への忠誠を証明することに挑戦した最初の部隊だった。兵士たちは中西部の大平野を移動し、ウィスコンシン州のマッコイ駐屯地に到着した。そこでは、彼らの大部分が見たことのなかった雪が舞っていた。そして、雪だけではなく、ハワイと本土の文化的なちがいに驚くことになった。

ジェシー・M・ヒラタは語る。

「ミルウォーキーは本当にいいところだった。ビールはうまく、人口の八〇パーセントがドイツ系だった。彼らはわたしたちのことを理解してくれた。というのは、彼らもまたFBIから何かと目をつけられていたから。だからというか、ナイトクラブに行っても、彼らはわたしたちに一セントも使わせなかった。わたしたちが飲んでいると彼らがやってきて、そこへまた別のグループが加わってこう言ってくれたんだ。

『あいつらにうんざりしたら、おれたちのテーブルに来てもいいんだぜ！』

ミルウォーキーは初めてだったが、この街にすっかり魅了されてしまった」

ヒラタは続ける。

「わたしたちはウィスコンシン州ではよく扱ってもらったよ。地元の人と話すと、わたしの英語は自動的にきれいになっていったし、彼女ができた兵士も少なくなかった。当時、わたしは何か過ちを犯していたのではないかと感じていた。というのは、ハワイを出発する前にわたしはガールフレンドときっぱり別れていたからだ。その当時わたしは、もしかすると生きて戦争から戻れないかもしれないし、戻れたとしても体のどこかを失ってしまうかもしれないと思っていたから、本土でも彼女を作ることはするべきではない、と考えた。かわりにわたしたちは、地図を見て、他の街に行くためにヒッチハイクすることにした。そのほうが、列車やバスを待つよりもずっと速かったんだ」

女性たちに対する印象も違っていた。

「本土の女性はハワイに比べてずっと積極的なように思えた。十四歳、十五歳ともなればもうすっかり大人なんだ。場所によっては、バスを降りるやいなや、わたしたちのところに駆けよってきて、

『ハロー!』

と言ったと思うと、自分の腕をわたしたちの腕に滑り込ませてくる女性もいた」

一方で、差別的な発言に遭遇することもあった。

「あるときヒッチハイクをしていると、農家の男性がわたしたちを拾ってくれた。彼は、パールハーバーに対する卑劣な攻撃についてこう言った。

『ジャップのやつらを一網打尽に捕まえ、収容所にぶちこんでしまえ、と思うよ。やつらはほんとうに信用がならない！』

そのうえで彼は、もし日本人を捕まえたら素手で殺してやる、とつけ加えた。彼はわたしたちを降ろすとUターンしようとした。わたしたちは彼にお礼を言ってから、

『わたしたちが、その日系アメリカ人ですよ』

と彼に言った。それを聞いた彼は思いきりアクセルを踏んだのだと思う。というのもクルマが奇妙に飛び上がって、はうように去っていったからだ」

ハワイとは違う環境のなかで、日系兵士たちはさまざまな経験をしたのである。

# 兵士たちが本土で見たもの

「ジャップ！」他の部隊とけんか

部隊が駐屯したマッコイ駐屯地と隣町のラクロッスでは、他の部隊とけんかすることもしょっちゅうだった。

特に、日系兵士たちは、

「ジャップ！」

「東洋の卑劣漢！」

だとか、

「おれたちの誇り、アメリカ軍の制服を今じゃジャップが着てやがる！」

とののしられたりすると、すぐにけんかになったのだ。

ジェシー・M・ヒラタが、乱闘の一部始終を語る。

「あるとき、クラブの外の路上で大げんかが始まった。テキサス賛歌である『テキサスの深い心』を聞いてもわたしたちが立ちあがらなかったのが原因だった。テキサスの兵士たちは、わたしたちとけんかをするためにメキシコ人をけしかけたりもしてきた。

また別のときには、わたしたちの仲間が三人、いきなりボウリング場の階段を転げるように降りてきたんだ。たまたま通りかかった兵士が、いったい何があったのかを聞いたら、仲間たちはこう言ったんだ。

『テキサスのやつら、おれたちを放り投げやがった！』

その当時の二世は、多くがボクシング、柔道、空手、剣道などを習っていてとても強かった。反対に本土ではマーシャルアーツ（武道）はまだあまり知られていなかったけれども」

そういう話を聞いた兵士たちは、

「なんだって、そんなら戻ろうぜ！」

とボウリング場に戻り、彼らは勢いよくドアを開けた。すると一人のテキサス人が、

「おまえらには帰れと言ったはずなんだがな……」

と言ってきたのだが、さっそく彼は外へたたき出されてしまった。

「テキサス人は六フィート（一八〇センチ）くらいの身長があったが、みんな空中へ投げ飛ば

され、あっという間にボウリング場からテキサス人の姿が消えていった。ボウリング場の経営者は仲間たちに何度も何度もお礼を言ってきた。なぜかって？　やつらは金を一セントも払わずにずっとボウリング場にいすわっていたからさ。経営者は『紳士の兵士たち（町の住人たちはかつて第100歩兵大隊をこう呼んでいた）』が大好きだといった。この三人の仲間は、ハワイに戻ったあとボウリング場を開いたのだ」

日系兵士たちにとって、テキサス人はその戦いの中で重要な存在となるのだが、それはまたのちの話だ。

## 柔道の〝効用〟

だが、兵士たちの士気が高いのはいいのだが、あまりにもけんかが絶えなかったため、軍は柔道ができる兵士を集めて柔道の練習をさせることにした。そのことで、兵士たちの〝戦闘精神〟を発散させたのだ。

ジェシー・M・ヒラタの話にもどろう。

「わたしたちがトラックに乗せられてジムに向かうと、そこはGIたちで一杯だった。ジミー・

シンタクが司会をつとめ、これからやることについて説明するとともに、

『大きい人ほど倒れにくい』

というようなことを言った。ジミーはわたしを手まねきし、わたしたちがまず見本をみせることになった。わたしはジミーを背負って投げ飛ばした。もちろんそれは、ジミーが自分から飛んでくれたおかげだ。彼は黒帯で、三段の腕前だった。彼はきれいに、背中を平らにして床に倒れた。そして、本当に痛そうな顔をして立ち上がってみせたんだ。それを見て、ジムにいた全員が総立ちになった。それから、残ったわたしたちはそれぞれパートナーを組んで、体を投げあった。ＧＩはみんなとてもびっくりして、演武が終わるまで誰一人として席を立とうとしなかった。それからジミーは、

『われわれは、みんな同じ軍隊で同じ目的のために戦っているのだから、お互いを傷つけたり痛めつけたりしてはいけないのだ』

と説明した。わたしが床に座っていると一人の大きなＧＩがわたしにそっと近づいてきて、

『よかったら柔道を教えてくれないか？』

と頼んできた。だが、柔道とは二、三週間でマスターできるようなものじゃなくて、自分が今のように上達するまで十五年もかかったんだ、大変なんだ、と説明すると、彼は頭を下げそ

の場を立ち去ろうとしたんだ」

ヒラタは、そこで軽口を言ってみた。

「そこでわたしは彼を呼び止めてこう言った。

『きみはこの戦争でどこに行くんだい？』

すると彼は、

『噂では太平洋みたいだな』

と返したので、わたしは彼にこう〝アドバイス〟をしてあげたんだ。

『おいおい、それはきみに同情するな……。だって、あっちにいる日本人はおれたちより強いし、それにやつらはみな長い刀を差しているからね！』

本当はそんなことを言わないほうがよかったのかもしれないが。彼が無許可離隊をしていなければいいのだが……いまでも心配なんだよ！」

## ハワイの魂・第100歩兵大隊

日本軍のハワイ上陸！　もしそんなことが起こったら、住んでいる日本人たちもアメリカ生まれの子どもたちも、先祖が敵と同じだ、という理由だけで疑いをかけられてしまう。にもかかわらず彼らは、殺すことと殺されることを覚悟のうえで立ち上がり、そして海を越えてアメリカ本土へ移動する、という事態を受け入れたのだ。

彼らは、軍や政府の疑惑のために移動させられたにしても、自分たちの魂を守るための闘いとして受け入れたのだ。その理由は何か。

それは、ハワイの山と谷を敵の予期しない侵入から守りたいという気持ちが、彼らのなかにあったからにほかならない。

第100歩兵大隊はまさにハワイの〝小宇宙〟だった。彼らは、学校教師、工場労働者、製造企業の役員、機械工、農家、販売員、土木技術者、砂糖やパイナップルのプランテーションやその他多くのハワイにおける産業の労働者などなど、あらゆる仕事に従事していた。また、彼らの九五パーセントが移民の子どもだった。

ハワイの人びとが持っていた多様な性格と経験が、部隊の中に濃縮されていた。ここでもまた、日本式養育法や、ハワイ独特の大家族を形成している多くの特別な糸の束、そして、アメリカのよい精神とは、肌の色や民族の違いなど越えてしまうものなのだ、ということを世界に示したいという共通の要請が、わたしたちを導いたのである。

かくして、二世歩兵部隊がウィスコンシン州マッコイ基地の演習場において作られていった。

二世部隊では、「大和魂」「頑張れ」といったさまざまな元気づけの言葉、ポイ、ラウラウ（ティー〈リュウゼツラン科の植物〉の葉に肉や魚を包み蒸し焼きにした料理）、キムチといった、郷土の食べ物を思い出させる言葉が飛び交い、それで兵士たちは、ニンジンを鼻先につるされたウマのようにもう一マイル余計に走り、小銃の訓練でよい成績を上げたのである。

だが、そうした努力の背後に、忠誠心と、母国アメリカに尽くしたいという思いがあったことはいうまでもない。兵士たちは、

「みそ汁！」

「マナプア（ハワイの肉まん）！」

のような、いかにもハワイらしい民族的な叫び声とともに、

「ネバー・ギブアップ！」

「やつらを地獄へ……」

「当たって砕けろ！」

そして、

「パールハーバーを忘れるな！」

といった言葉で自分たちを奮いたたせた。

移民たちの精神と経験が、戦うために立ちあがったのである。

## アメリカ南部へ移動

だが、マッコイ駐屯地での日々はそれほどたたないうちに終わった。

年明けすぐに、部隊はアメリカ南部ミシシッピ州のシェルビー駐屯地に移動したのである。

この移動について、コンラッド・ツカヤマは語る。

「シェルビー基地への移動は、わが部隊にとってはよくないできごとだった。なぜかって？

それは第一に、快適で近代的な兵舎、そして市民とのフレンドリーなつながり、そして、冬の珍しい風景や今までクリスマスカードでしか見たことがなかった、雪のなかのクリスマスといったことからの別れを意味したからだ。第二に、シェルビー基地における訓練がずっときついものだったからである。そして第三に、基地そのものが〝格下〟だった。

兵舎はおんぼろの仮兵舎で、暖房は煙くさい炭のストーブ、おまけにそれはダニの巣窟である松林の中に建っていた。

それに、住民との交流というごほうびもなかった。もっとも、基地の近くにあるハティースバーグの町自体は、バーもビリヤード場もたくさんある兵士の町で、ハワイでいえばショフィールドの隣にあるワヒアワのような町だったけれども」

訓練は辛く、かつ退屈だった。兵士たちは気晴らしのため、木にいるヘビの腹を割いたり、逃げ足が速いアルマジロを捕まえたりなどしていた。

だが、この状況は、彼らは任務のなかにあるのであり、いごこちなどは重要な問題ではないことを思い出させた。状況が悪くなって訓練が強化され、小規模な単位による戦術なども演習に組み込まれていくなかで、兵士たちは、人間は不快感の増大に耐えられることを悟った。

だが事情は思った以上に大変で、ときには料理さえままならないこともあった。

演習のとき、兵士たちは沈黙しつづけることが決まりになっているが、その日の夜には、日本語とピジン語（現地語と日本語が混ざって作られた言語）とが混じったひとりごとがどこからともなく聞こえた。

「お母さん、兵隊になるのがもういやになったよ……」

## ルイジアナ演習

困難のなかで、日系兵士たちが見せた〝ガッツ〟についても話しておきたい。

ルイジアナ演習を元兵士たちの多くが今も覚えている。青軍と赤軍に別れての模擬戦だ。そこでは、指揮官・参謀から一兵卒まで、全員が評価とチェックの対象になった。そして、捕らえられた者は、それ以上演習に参加することができない。

この演習で第100歩兵大隊は一度も撤退しなかった。なぜなら、撤退のために必要な旗がいつも隠されていたからである。だが、これは不正でもあったので、演習が中断することもしょっちゅうだった。実際、大隊の高級指揮官が不正に関わっているのではないかという噂が立ったほどだった。だが、旗を隠すことはハワイ生まれの第100歩兵大隊ならではの精神と行動のあらわれだった。

毎日行われる演習後の報告では、部隊がルールを守って演習をしていないこと、負傷者と捕虜として判定された兵士が逃げまわって、結局自軍に戻っていること、自軍の強さの判断が審判のそれと合っていないことなどが報告された。

要するに、これらはみな不正行為なのだが、これも「絶対に負けない」「撤退しない」という精神のなせるわざだったのだ。

## 黒人差別の発見

演習の日々、日系兵士たちは、アメリカにおいて差別されているのは、自分たちだけでないことを見ることになった。黒人たちが受けている不正な扱いを目にしたのだ。

南部をはじめて見た兵士たちからすれば、黒人たちはみな白人におびえているようだった。一九四〇年代のミシシッピ州は、今日とは大きく違っていた。トイレもバスも、劇場も、映画館も、とにかく分離されていたのだ。

トイレを分けなければいけないほど、黒人の小便は白人のそれと違うのだろうか。バスの中でなぜ黒人は、白い線の前に空席がたくさんあるというのにその線の後ろでぎゅうぎゅう詰めに立っていなければいけないのだろうか。映画館の中で、なぜ黒人の最上席はバルコニーの上なのだろうか？　湧き出るように疑問が出てきた兵士もいた。

ハワイで育った日系兵士は、アメリカ本土において太平洋戦争のあとにまで続く、差別との戦いの〝仲間〟を発見することになったのだ。

## ニューヨーク見物

兵士たちのなかには、休暇をもらいニューヨークを見物したものもいた。

これまでハワイで育ち、ホノルルが一番大きな街だった彼らからすれば、ニューヨークの街の大きさと華やかさは信じられないほどのものだった。

ジェシー・M・ヒラタはこのように語る。

「摩天楼と呼ばれるビルの、そのてっぺんを見るためには道路の反対側に行かないといけないほどの高さに驚き、さらに市民たちの兵士へのホスピタリティに、よい気分になった。

その当時はまだ、ほとんどの兵士が着けていなかった、『太平洋作戦従軍リボン』を着けていると、たいがいのバーでは二杯まで〝店のおごり〟で飲むことができた。タクシーに乗っても運転手が、

『兵隊さんよ、今日の運賃はただにするぜ！』

と言ってくれ、そのうえ、すばらしいショーの無料チケットをもらうことができた」

また、ヒラタはそのころ売り出し中のスターだったフランク・シナトラのショーを見たとき、シナトラが歌い出すと、女性たちがみな熱狂し、叫び声をあげ、泣き出し、なかには半狂乱に

なって震える者もいたことに驚いた、と述べている。

## 日系兵士たちはどこへ行くのか

兵士たちは、何度も基礎訓練をしながら、ワシントンの政府が、ブッダヘッド（ハワイ出身の日系兵士）をどうしようとするのかを待った。

基礎訓練はまるで手をつないで戦闘するようなものであり、長い突き、短い突きができる銃剣の使い方といった、軍のマニュアルが定める指示などもマーシャルアーツの知識を持つ者にとっては、子どもの遊びのようなものだった。ナイフによる攻撃を受け流すことは、剣道をマスターした者にとってはたやすい、相手を投げ飛ばすことは柔道家にとっては子どもの遊びのようなものだった。要するに兵士たちはそれらの訓練にだんだん退屈するようになっていった。

ワシントンの幹部たちが何度も、ハワイから来た「パイナップル部隊」を視察するとともに、日系アメリカ人の兵士たちがどんなものかを見に訪れた。

彼らは、二世部隊の全体的な業績に関する報告をすでに見ていたから、彼らのうちの誰かが訪れるたびに、ドレスアップして靴を磨いて、彼らの前でパレードをしなければならなかった。

あるとき、これからは軍曹が行進のカウントを命じたときに、

「ワン、ツー、スリー、フォー」

というかわりに、日本式に、

「イチ、ニー、サン、シー」

と言おうと小隊全員の意見が一致した。

この取り決めを知らない軍曹はとても驚き、小さな声で兵士たちに、

「黙ってろ！」

というだけだった。

ベン・H・タマシロは語る。

「訓練という訓練はみなそこで経験した。だがわたしには、これで終わってしまってよいのだろうかという疑問があった。

徹底した訓練はあるが、わたしたちを疑うアメリカ人の考えを変えるだけの、十分な〝アメリカニズム試験〟がないなんて……。

わたしは家に手紙を書き、『早く実戦に出たい』という気持ちを家族に伝えた」

タマシロらにその機会が来たのは、手紙を出してからしばらくしてのことだった。

イタリア、オルチャーノ、第100歩兵大隊が
ドイツ兵を捕虜に。1944年8月15日

第三章

# 日系兵士たちの戦争

ハワイからアメリカ本土へ。

日本軍の攻撃を受けた直後には、自分たちが住む島を守ろうという思いで島の防衛任務についていた彼らだが、日本にルーツを持つ兵士たちの、祖国アメリカへの忠誠心を政府は信用することができなかった。

肌や瞳の色ではなく、祖国に対する思いから戦おうとしていた兵士たちは、彼らが生まれ、育った島からアメリカ本土に移送し、訓練するという政府と軍の決定に不満を持ったものもいる。だが、ともあれアメリカ本土に彼らは旅立ったのだ。

はじめて見るアメリカ本土。ハワイとは違う環境のなかで訓練にいそしみ、さらには黒人に対する差別なども目にし、新たな視点を得ることになった彼ら兵士たちも、ついに戦場に出ることになった。

だが、彼らが戦うのは、太平洋の反対側から自分たちが住むハワイを攻撃してきた日本軍ではなく、大西洋を越えた先で、ヨーロッパを席巻し、中東やアフリカに侵攻している、ドイツとイタリアの軍隊であった。

ハワイから地球を半周し戦場に向かった日系兵士たちは、戦場でいかに戦い、何を見たのだろうか。

# 地球を半周して戦争へ

## ハワイへの思いを心に秘めて

戦地に旅立つべく、アメリカ本土を離れる兵士たち。

ウォーレン・T・イワイ（第100歩兵大隊）はその記憶をこう語る。

「シェルビー基地を離れる前にわたしたちは、戦闘の準備が整ったことを示す大隊記章を受領し、わたしたちは、戦闘背嚢《はいのう》を背負い、小銃を前に置いて整列した。『捧げ銃《つつ》！』の号令がかかると、軍楽隊が『ハワイ・ポノイ』を演奏し始めた。神経を集中して立っていると、頭のてっぺんからつま先まで刺すような感覚に襲われた。そうしたことがあることは本で読んで知っていたが、実際にあるとは考えもしなかった。だが、現実の自分の身に起きたその感覚を、一生忘れることはないだろう。それが、シェルビー駐屯地についての最後の記憶だ。

『わが故郷ハワイ……』

わたしは、一人つぶやいた」

ハワイへの思いを心に秘め、兵士たちは戦いに出ることとなった。

## 北アフリカ・アルジェリアへ

向かう先は大西洋を越えた北アフリカ、アルジェリアのオラン。

ドイツ軍とイタリア軍（枢軸軍）は、ヨーロッパのみならず、当時イギリスやフランスが植民地にしていた北アフリカにも侵攻してきており、アメリカ軍など連合軍はその地でドイツ軍と戦っていたのだ。

日系兵士が上陸したころには枢軸軍は北アフリカからは追い出されていたが、地中海の反対側、イタリアに攻め込むための拠点として連合軍は北アフリカを確保していた。

旅程についての記憶をたどろう。

「主は男たちを聖なるものに変えるために死にたもうた。わたしたちは、男たちに自由を与えるために死のう」

コンラッド・ツカヤマは、北アフリカに向かう船の中で、賛美歌の歌詞を繰り返していた。

「大船団のなか、一隻のビクトリー船に乗り込んでアメリカの海岸を離れた。皮肉なことに、わたしたちは戦場に向かっていたが、最初にハワイから太平洋を横切ったときよりもむしろ落ち着いており、自分たちはみんな勝利が約束された強力な部隊の一員であるという、静かな自信に満ちみちていた」

と、当時の心境を語っている。

## 戦闘部隊になった意外な理由

北アフリカでの記憶、その一端を、ウォーレン・T・イワイの話からひもといていこう。

「アルジェリアのオランに、アメリカ軍、イギリス軍、フランス軍からなる連合軍の司令部が置かれた。毎日夕方になると各国の旗が降ろされ、各国の部隊が代表してパレードに参加した。この隊列にはわたしが所属していた小隊も参加した。

わたしたちの全員が捧げ銃をするとともに、気をつけの姿勢で立つ。そのあとでまずイギリス国歌が演奏され、イギリス国旗が降ろされる。次にフランス国歌である『ラ・マルセイエーズ』が、そして最後にアメリカ国歌が演奏される。

このときまた、シェルビー駐屯地で大隊記章を受け取ったときと同じ感覚がわたしを襲った。気をつけの姿勢で立つと、わたしはとても誇らしく感じ、自分に向かって、

『おれはアメリカの兵士だ！』

と言いきかせた。だが、わたしは、このように感じたことを人に話すことが恥ずかしく、そのことを誰かに話したことは一度もなかった」

そして、師団はイタリアを目指すことになる。

ベン・H・タマシロはこのように証言した。

「ほどなくして、わたしたちは大西洋を渡ってオランに向かい、そこで第34師団に編入された。アイオワ州兵の部隊を基幹にしたこの師団は、わたしたちが実戦に参加してから初めて海外に派兵される師団だった。第34師団はまずイギリスに上陸し、次いで北アフリカでロンメル将軍が率いるドイツ・アフリカ軍団攻撃の先頭に立っていたが、その戦いが終わった後、イタリアのサレルノをめざすことになっていた」

だが、前線への派遣はスムーズにいかなかった。

日系兵士は後方での任務につかされそうになったのである。戦闘訓練を受けたはずなのに、当地で鉄道による補給をおこなう部隊となることが命令されたのだ。

だがこの任務はすぐに変更された。これはある種の〝幸運〟によるものだった。地中海の反対側、イタリアのサレルノに上陸する予定になっていた第34師団に、部隊が一大隊分不足しており、第100歩兵大隊が第133連隊の一部になることを師団の司令官、チャールズ・W・ライダー少将が了承したからである。

## イタリアに上陸・ついに部隊は戦争へ

イタリアでの戦争に参加することになった日系兵士たち。

その第一陣となった兵士は、真珠湾攻撃からおよそ一年半以上をへて、ようやく祖国への忠誠を果たす機会を手にすることになった。

日本軍への報復、というよりも、祖国であるアメリカの危機を救うため、という意識を持つようになっていた兵士たちの戦いである。

アメリカ人サムライの精神を持った兵士たちは、戦場で何を見て、何を得たのだろうか。

## 上陸戦での混乱

イタリア・サレルノはイタリア半島での連合軍の上陸拠点だ。先にも述べたように、多くの兵士を上陸させ、ドイツ軍とイタリア軍を攻撃するのだ。コンラッド・ツカヤマが証言する。

「わたしたちは、気がつかないままにいつの間にか上陸地点に近づく船に乗っていた。そこには次から次へと船が来ていた。輸送船も数隻あったが、その多くは海軍の軍艦だった。ほかにも何隻か、軍艦が円やジグザグを描いて周囲を走りまわっていた。下船の命令が出た。それから数分もしないうちにわたしたちは、上陸用舟艇のうしろでかがみこみながら、サレルノの海岸をめざした。

わたしたちの乗った上陸用舟艇は海岸に近づくことはできず、傾斜板も胸まである水の中に浮かんだ状態だった。それでもわたしたちは装備をかついだまま水中を歩き、命じられるままに歩きつづけ、ほかの兵士たちのために海岸線を空けた。それは、これまでのどの訓練においても経験したことのないことだった。水と砂が詰まったブーツをはいて歩くことはほんとうに大変で、そのうえブーツが何度も脱げてしまった。しかたなく背嚢と毛布を捨てたが、迫撃砲の弾薬だけはしっかりかかえた。ある者はレインコートだけの姿になり、重たいガスマスクを捨て、食料しか持たない者さえいた」

上陸の時の混乱ぶりがよく見えてくる。続けよう。

「誰もがいちばん恐れたことは、仲間から〝置いてきぼり〟にされることだった。とにかく、目の前にいる仲間についていくことが最重要なことだった。その点二世は、おたがいの気心も知れており、みんなが部隊と歩調を合わせて戦うことが可能だったから、恵まれていた」

## 戦場の生死

続くのは、ジェシー・M・ヒラタの証言だ。

「その後、サレルノに進み、ついに砲火の洗礼を受けるときがきた。出発の日はとても雨が激しく、地面はあちこち水びたしだった。部隊はまず丘に向かって行進したが、疲れ果てたわたしは何本かのオレンジの枝を折って、その上で寝ることにした。その翌日かそのまた翌日のことだったろうか。いつもわたしが一緒に行動していた仲間がわたしに、

『おれはどうも死にに行くような気がするんだ』

と言った。わたしは、

『そんなことを言うもんじゃない!』

と彼を叱りとばしたが、プラスチック製のシガレットケースをわたしに、ライターを別の仲間に与えていた彼には、これから起きることがわかっていたんだろうと思う……」

はじめての戦場。早速精強なドイツ軍の攻撃が、兵士たちを襲ってきた。そこで見たものは、戦場ではちょっとした立ち位置の違いが、生死を残酷に分けてしまう、ということだ。

「進軍していると敵が88ミリ高射砲を撃ってきた。それがわたしたちの受けた最初の砲撃だった。わたしの不運な仲間は、そのときわたしの背中にぴったりくっついて行動していた。一発の砲弾がわたしの背後で爆発した。振り返ると彼の頭がどこかに行っていた……」

「自分たちは撤退しません!」

ここで〝古典的な事例〟として、イタリア戦線における第100歩兵大隊の六〇〇高地におけるエピソードを紹介したい。それは、一九四三年十一月五日から十二日の戦いだ。

証言をするのはジェシー・M・ヒラタだ。敵の地雷原のなかを夜間に移動し、傷つき戦いながら、最終的にその丘を奪う、という困難な戦闘でのできごとだ。

「六〇〇高地または六〇一高地を攻撃するとき、最初の斥候（偵察をおこなう兵士）になったのはハチロウ・イトウでわたしは二番目だった。

丘の上にいたドイツ軍は、わたしたちを見つけると、プラスチック製手榴弾の〝転がし作戦〟をしかけてきた。手榴弾を上から転がしてくるんだ。だから、わたしたちはそれを一生懸命、わきへ放らなければならなかった。そして、こっちに向かって激しく銃を撃ってきた。絶体絶命だ。だから、とにかく腹ばいの姿勢のままで、丘に対して銃を撃ち返さないと、とあせっていたときだ。イトウが、左肩の下に落ちている敵の手榴弾を取り出そうとしてもがいているところが見えた。わたしが、

『爆発するぞ、急いで寝返りをうて！』

と叫ぶやいなや、ドカン！　手榴弾が爆発したんだ。爆発をもろにかぶったイトウの左腕が、肩から皮一枚でぶら下がっていた……」

イトウが腕を彼の腹の上に置くと、彼は真っ先に自分の顔がどうなっているかを聞いてきた。

「大丈夫だよ、顔は大丈夫だよ！」

とヒラタが答えると、彼は取れそうになっている自分の腕を無事なほうの腕でつかみながら、

「おい、これは誰の手だ?」

とたずねた。ヒラタはこう答えた。

「ああ、これはおれの手だよ。なあ、そんなのは気にするなよ! そうすれば、これからもおまえとおれは一緒にいることができるんだから……」

腕を失ったショックを紛らわせなくてはいけない、そこで出てきた言葉だ。証言に戻ろう。

「そう言うしかなかった。でなければイトウは、ショックを受けその場で死んだだろう……。とにかくイトウの気をまぎらわせてから、わたしは彼の腕からあふれ出てくる血を、指でギュッと押さえ、心臓が動くたびに動脈を探り、それをしっかりとつまもうとした。だが動脈は、まるで伸びきったゴムひもが途中で切られたようにちぢまってしまった。そして、血まみれになった手でそれをつかむのは至難のわざだった。

どうしたらいいんだろう、無力感といらだちに、イトウがわたしの腕の中で死につつある間じゅう、大きな声をあげて泣いた。思いだすと、いまでもほんとうに胸が痛む……」

多くの戦友が負傷し、そして戦死した。負傷した仲間を救出し、先を行く部隊に補給品を届けるためには、地雷原の中にある一本の道を確保しなければならなかった。

戦闘の最中、一時的に食料も水もない、という状態になった。

その丘を奪い、確保する試みは、左からも右からもうまくいかず、第100歩兵大隊の横腹が敵にさらされてしまった。そのとき、撤退せよという命令が出た。

けれども、その命令に対して第100歩兵大隊の兵士たちはこう答えたのである。

「自分たちは撤退しません！　この丘にいつづけます」

不思議といえば不思議だが、この返答をしたとき、兵士たちに会ったのは非常に日本的な考え方、気持ちの持ち方だった。

彼らは日本軍の「爆弾三勇士」の話など、自分自身の命を犠牲にして戦った、ルーツの国の兵士の話を知っていた。

爆弾三勇士とは中国での戦争で自爆攻撃をおこなった〝人間爆弾〟のことである。

第100歩兵大隊の英雄的精神はけっして無意味な犠牲行為ではなく、むしろ、仲間の犠牲が増えることを防ぎ、戦友を守るために行った本能的な行為だった。

そして、たとえ助かる見込みがなくても、死んだ仲間を置きざりにするわけにはいかないという気持ちも持っていたのである。

## モンテ・カッシーノからアンツィオ、ローマへ

部隊はサレルノに上陸したのち、歴史的建築物としても名高かった修道院がある地、モンテ・カッシーノでの激戦に参加することになった。イタリアの首都ローマへの進撃のなかで繰り広げられた戦闘だ。時期は一九四四年一月十七日から五月十九日の四カ月、史上最大の作戦として名高い、連合軍のフランスのノルマンディーへの上陸作戦はこの年の六月六日に開始されたが、その直前までくりひろげられた激戦だ。

連合軍は戦闘には勝利したものの、一〇万人以上の犠牲者を出した。

ドイツ軍はこの一帯を失ったことで、奥にあるイタリアの首都・ローマを失うこととなる。

この戦いや、さらにはアンツィオへの攻撃、そして進軍。

激戦のなかで、日系兵士たちは多くの犠牲を払いながら勝利に貢献した。

その苦闘ぶりをみてみよう。

## 第100歩兵大隊に下された命令

カッシーノにおける任務は、町の上のほうに位置する僧院を敵側から奪いかえすことだった。第100歩兵大隊に、陽光がまぶしいなか敵の正面を攻撃せよとの命令が下った。

激闘が始まった。コンラッド・ツカヤマの証言だ。

「攻撃をするためにはまず、水かさの増した渓谷を渡り、カッシーノ北部にある陣地を占拠しなくてはならなかった。しかも、これをむやみやたらに銃を撃つ敵の前でせねばならない！まるで自殺行為とも思える作戦を指示された将校は、軍法会議にかけられることを承知のうえで、自軍の兵士を守るためには命令に逆らわないとならない、という状況におちいった。彼が恐れたのは、正面攻撃をすることで全員が〝討ち死に〟することだった。だが兵士たちは、『攻撃をさせてください！』と将校にせまった。攻撃の結果は、ガッツと成果を見せることはできたものの、多くの無駄な生命の損失をともなった。わずかに生き残った兵士は、自分たちが目標にたどりつけたのは奇跡だと語った……」

その後、若い兵士からなる大隊がつぎつぎと到着し、夜の闇にも助けられて味方は退却できた。より地位の高い指揮官が、水かさの増した渓谷を渡ることは不可能だ、という意見に同意したからである。

モンテ・カッシーノの激戦において、兵士たちは「当たって砕けろ！」の精神で、自らも多大な犠牲を払いながら、連合軍の勝利に貢献した。

だが戦争はこれだけでは終わらない。兵士たちはイタリア中部のアンツィオへ進軍することになった。激しい戦闘は続いた。

## 誰にも守られずに戦う

兵士たちが戦闘に参加したころ、ドイツはすでに敗北に直面していた。フランスとイタリアで後退をつづけていたドイツ軍は、東部戦線においてもソ連軍の激しい攻撃を受けていた。東西両方の戦線において、大量の戦車と歩兵による戦闘が起きていた。

ドイツ軍の戦車隊は次第に消えていったが、イタリアの山がちで大規模な戦車戦を行うことが難しい地形のなかで日系兵士たちは戦わないとならなかった。

戦車を大量に動かすことができない、ということは、歩兵が戦車による防護なしで戦わないとならない、ということだ。

アンツィオに向け進軍していた、ジェシー・M・ヒラタは振りかえる。

「訓練のとき歩兵は、普通は戦車のうしろについてその装甲に守られながら歩く。けれど、実際の戦闘ではそんなことはまったくなく、戦車が歩兵についてくることがほとんどだった。これは、平らな地形のアンツィオを突破するときもそうだった。丘の上からドイツ軍がわたしたちを監視しているのを感じることができた。偵察兵として先を行ったわたしは、心の中で仲間にこう言った。

『今度こそお別れだ……』」

本番は訓練とは違う。

戦車に守られることもなく、ドイツ軍に狙われながら歩兵として戦闘を続けたのである。

## 感情のゴムひも

部隊はアンツィオの攻撃に参加した。イタリアの首都ローマからほど近いこの一帯を確保すれば、ローマは占領したも同然、という状態になるからだ。

アンツィオへの攻撃から日系兵士たちに合流した、サミュエル・ササイの話を聞いてみよう。

「一九四四年五月二日、わたしたちは、バージニア州ハンプトンローズを離れ、二十八日ものあいだリバティー船の船倉にある五段ベッドにすし詰めにされた。大船団の中の一隻であるこの貨物船は、大西洋と地中海をジグザグに横切ると、最終的にイタリアのナポリに到着した。六月六日、あの運命を決するノルマンディー上陸作戦が行われた日、わたしたちもまた、上陸用舟艇に乗ってアンツィオの上陸拠点に急行した。その後わたしたちは、ローマの北、古都チビタベッキアの近くで第100歩兵大隊に追いついた」

ササイらもまた、戦闘の中で血なまぐさい経験をすることになった。

「一九四四年六月二十六日に最初の戦闘に参加したわが連隊は、それ以降七月二十一日まで休むことなく戦闘を続けた。自分を殺そうとしている敵を自覚した最初の衝撃は、〝青二才〟兵士をまたたく間にベテランに変えた。だが、わたしの最初の友人が戦闘中に殺されるのを見たことは、わたしに大きなトラウマを残した。ふたたび食事をできるようになるまで、何時間もかかった。血の気の失せた青白い彼の顔、泥道のわきの排水溝にくしゃくしゃになって横たわっていた彼の体を、わたしは今でもありありと思い出すことができる。

戦闘の最前線という過酷な環境に置かれた兵士たちは、やがて動物以下の存在になってしまう。つい二、三カ月前までそうであったような、文明化された市民とは似ても似つかない野蛮人となる。わたし自身、この戦闘の間、どうやって自分を維持できたのか不思議に思う。ショックに次ぐショック、あわやという瞬間が連続すると、また、つい二、三分前に話をしていた戦友が死んだり傷ついたりするのを見ると、人間は次第にかたくなになっていく。わたしたちの感情のゴムひもは伸びきると最後はぷつんと切れてしまうが、二世兵士の大部分にとってそれは『我慢』と『頑張り』で耐えるものだった……」

輝かしく語られる武勲や勝利の物語。

その裏には、兵士たちが自分たちの人間性を失ってしまうのでは、という不安にかられるほどの恐怖と犠牲があった。そして、この過酷な状況を「我慢」と「頑張り」で彼らは乗り切ったのだ。

# 戦争のさまざまな顔

## 生と死が紙一重に

激戦、犠牲をいとわない英雄的な戦闘ぶりが強調される戦中の日系兵士たちだが、いかに日系、さらに有色人種の権利の向上、アメリカの民主主義を守るという大義があっても、戦争とは、そもそも人間同士で命を奪い合うことだという現実が、兵士たちに突きつけられた。

兵士たちは大義と現実の間で揺れ動きながら、進撃していった。その過程を追ってみよう。

激しい戦闘について、コンラッド・ツカヤマは語る。

「あるときわたしたちは、オリーブ林の中を前進していた。そのとき、わたしたちの方向に全速力で走ってくる何両かの戦車のごう音が聞こえてきた。わたしたちが散開していたのは幸運だった。わたしはそこにあった壁の横に飛び込んだ。その上にはテラスがあった。戦車はわたしの上を飛び越えるようにして、速度を落とすことなくそちら目がけて走り去った。右と左にいたほかの仲間がみんな死に物狂いで走った。

それがきっかけとなってわたしは、戦闘で命を危険にさらすのはおろかなことだ、と感じるようになった。爆弾が人間のそばで爆発すると、体の内側にある圧力が外に向かう。あるとき、二機のメッサーシュミット（ドイツ軍の戦闘機）がわたしたちを急襲し、機銃掃射を浴びせかけた。まるで映画のように、走るわたしたちのあとに銃弾が続いてきた」

幸運にも石の壁を見つけた彼は、そこに向かって飛び込むと石壁に抱きついた。銃弾は壁の向こう側でさく裂した。

「……わたしはしばらくの間、気を失っていたのだと思う。というのは、気がついてみると、わたしは粉々になった岩の下にいたからである。それらを払いのけると、ブーンという音が聞こえてきて、わたしの体から空気を吸い出してくれた。わたしは自分の体を調べた。意識はもうろうとしていたが、脚も腕も動いたし、出血もなかった」

壊れた壁を乗りこえて進むと、座り込んでいる仲間が見えた。

「彼は、胃の横のあたりがぱっくりと開いており、そこから腸が少し出ていたが、ひどく負傷しているようではなかった。彼はまだ意識があり、

『おれはもうだめだ、おれはもうだめだ……』

と何度もつぶやいた。わたしは、地面に触れている腸をきれいにしながら、

『おまえはだいじょうぶだよ！』

と励ました。彼をさっきまでよりは少しましな場所に寝かす間も、

『だいじょうぶだから、少し休めよ』

と言いつづけた。結局、彼には救急キットを二つ使った……」

深刻な戦場での体験はつきることがない。ジェシー・M・ヒラタの証言だ。

「ある日のこと、それが春だったか夏だったかももう覚えていないが、雪はなかった。そんななかわたしたちは、道の土手に座っていた。ドイツ軍は、フットボール場ほどの広さの先から爆撃を開始した。距離があまりにも遠いので大丈夫だろうと思った。わたしたちはタバコを吸いながらラルフ・アサイと話をしていた」

すると、突然、ラルフが会話の途中で話を止めた。

「わたしはラルフを見たが、変わったことは何もなかった。

彼に話しかけて体を揺すった。だが答えがない。動きもない。どうしたんだろうと思った。

隣に寄ってよく見ると、紙ほどの薄さの、とても変わった形の銃弾の破片が、円盤のように彼の首の後ろに食い込んでいるのが見えた。

それは彼の全神経を切断していた。わたしは何もすることができなかった。そこでわたしは、彼の指からタバコを取り、彼をゆっくりと地面に横たえ、彼のまぶたを閉じた。だが、このころになるとわたしたちには、もはや涙は出なかった……」

## 「〝よい〟ドイツ兵」

食事も、戦場で生死の境目を感じるような状況のなかでとっていた。

イタリアに上陸したころ、実戦のなかで最初の食事が配られたとき、兵士たちはそれを背中に背負って運んでいた。戦闘でラバがみな死んでいたからだ。だが、彼らはラバどころか、戦闘でドイツ兵の遺体を多く見て、慣れていくことになった。ジェシー・M・ヒラタは語る。

「チャーリー・タナカは給食を一つひとつの穴に配っていた。わたしのところに来たとき、わたしから二ヤード（約一・八メートル）ほどのところにドイツ兵の死体が、顔を下に向け、片方の腕をクロールするように前に突き出して転がっていた。

チャーリーは丸腰だったが、それでも、わたしのところに忍び寄ろうとしている敵について、手の動きを使って一生懸命、だが静かに伝えようとした。ああ、こいつは……、わたしはドイ

ツ兵に近づき、体を揺すった。そしてチャーリーに、

『おれたちがこの丘にいる間はいつも、おれはやつに、おはようと言っているのさ』

と言ったんだ」

こんなこともあったという。

「長く歩いたために、わたしたちの脚はほてり、汗をかいていた。そんなとき、わたしたちは一本の渓流にさしかかった。わたしは川の水を頭や顔にかけた。水はとても冷たくて気持ちよかった。わたしは、手をカップのようにして水をがぶがぶと飲んだ。とそのとき、何かが流れてくるのが目に入った。わたしは目をこらした」

それは体から腸がすべて出ていたドイツ兵の死体だった。それが彼のほうへ流れてきたのだ。

「水のことはもう気にしないようにしないと……。それにいまさら気づいてももう遅い。けれど、それにしても人間の腸があれほど長いとは思わなかった……」

ドイツ兵の遺体に対する感覚の麻痺は他にも語られている。

「夜になるとわたしたちは交代で警備任務に当たった。あるとき、警備が終わった兵士が次の要員を起こしに来た。彼は、

『ジェシー、ジェシー!』

と呼びながら、他の男を揺すった。わたしが返事をすると、彼はわたしの方を見てこう言った。

『こいつは誰だ？』

彼は、男を揺すっている間じゅう、ずっとわたしがぐっすり寝ていると思ったに違いない。

彼はわたしを起こすつもりで、ドイツ兵の死体を揺すっていたのだ。わたしが、

『そいつは〝よい〟ドイツ兵だよ』

と答えると、彼は少し驚いたようだった。わたしたちは、

『よいドイツ兵は死んだドイツ兵だ』

とよく言い合ったものだった……」

## 戦場での日常生活と兵士たちの友情

「オーノ！」

兵士たちは戦争に行った、とはいえ、四六時中戦闘ばかりしていたわけではない。激しい戦

闘や犠牲と武勲、といったものとはまた別の、戦場ならではの日常生活を持っていた。

そういったことがらについての兵士たちの記憶を追ってみよう。たとえば食事については、多くの兵士たちが証言を残している。

「あるとき、放棄された農家から一羽のニワトリを〝解放〟したことがあった。冷蔵庫がなかったので、わたしたちはそのニワトリをひもで縛り、調理する機会が来るまで生きたまま運んだ。

またあるときは、まるまる一個のキャベツを解放した。そのうえでまずそれを細かく刻み、鉄製のヘルメットに入れて、少量の塩とブイヨンパウダーを振りかけ、それをよくもんだ。すると、あっという間にお新香、つまり日本式キャベツのピクルスができあがったのである。

わたしが食べ物のことをこうして持ち出すのは、わたしたちに配給される戦闘食（兵士たちはそれを『Kレーション』と呼んでいた）がおそろしくまずく、飢えをしのぐため以外には食べられるしろものではなかったからである。この栄養補給専用の食事ばかりが二十日も二十五日も続くと、非常に空腹でもないと、Kレーションを食べることができなくなってくる。

Kレーションでも、何もないよりはたしかにましだったが、こうした状況が続くと、生きたニワトリや新鮮な野菜が、この世のものと思われないようなごちそうに思われてきたものだ」

コンラッド・ツカヤマもまた、戦場での独特のエピソードを語っている。

「あるとき、わたしたちはポー渓谷の周辺にいた。このあたりは米作地帯として知られ、どの家にもコメがあった。

そんなとき、わたしたちの隊にいた〝プロのニワトリ泥棒〟がニワトリ小屋に手を突っ込み、一羽のニワトリの首根っこを押さえた。そのうえで彼は、ニワトリを静かにさせるためにぐるぐると振り回した。

わたしたちがそれをすぐ隣りの人家に持っていくと、その家の女主人がきれいにさばいてくれたうえで、ニワトリを丸のまま大きな鍋に入れてゆでてくれた。十分な油がしみ出ると、彼女はニワトリを取り出してコメ、少量の塩、それにスパイスを加えた。もう一度しばらくかき回したあと彼女は、ニワトリを細かく刻み、塩で味付けすると、オリーブオイルで揚げた。

こうしてコメのスープができあがった。わたしはとても待ちきれずコメをむさぼった。コメがたくさん入ったスープは本当に『オーノ（ハワイ語で「おいしい」）！』だったよ」

## 戦場に結ぶ友情と絆

戦場で、兵士たちがともに戦うことで作り出した強いつながりについても触れておきたい。

生死がかかった戦場では、必然的におたがいのつながりが強くなるのだ。ジェシー・M・ヒラタが、兵士たちの助け合いについて語る。

「何か会話がしたくて、わたしは大声で、

『今日は何日だい？』

と尋ねた。もっとも、こんなところで日にちを覚えているやつはいない。

だが、ある兵士がこう叫んだ。

『九月十五日だよ！』

わたしが、

『へえ、おれの誕生日じゃないか！』

と言うと、全員が『ハッピーバースデー』を合唱してくれたんだ。

またあるとき、前線にいた何人かの兵士が、箱に入ったチョコレートバーの詰め合わせを受け取った。わたしたちはそれを、ハワイ流にみんなで分けあった。

そのとき一人の新入りコトンク（本土生まれの日系アメリカ人）が、チョコレートバーの持ち主のところに近づいてきてこう言った。

『そのチョコレートバーを一つ売ってくれないか？』

それを聞いた兵士はとても驚いて、

『あげるのはいいけど、売るのはできないよ！』

と返事をして、コトンクにチョコレートバーを渡してやった。

このことにはどうという意味はなくて、そのコトンクはハワイの流儀を知らなかっただけなんだ。そのあと、みんな仲良くなったことは言うまでもない」

ときには対立や不満もあった。第100歩兵大隊の兵士として、ヒラタが第442連隊戦闘団に対して感じた敵意について語っている。

「一度だけわたしは、イタリアでわたしたちと合流した第442連隊戦闘団に敵意を感じたことがある。

わたしたちは、第442連隊戦闘団にいる友人や親せきに会って、いろいろな話、とりわけ戦闘のようす、たとえば砲弾が上から落ちてくるときには、どんな音がするのかといったことを話したくてはるばる訪ねていった。

たとえば、笛のような音が聞こえてくるうちは、まだ砲弾は頭上を通りすぎていく。だが、笛の音が止まったら、近くに砲弾が落ちてくる。だから、砲撃のなかを歩くときはいつも、逃げ込める場所を見つけておかないとならない……。そんなことを話そうと考えていた。

だが、わたしが会った十八歳の若造たちは生意気な態度でこう言ったんだ。

『ノー。おれたちには、あんたらの助けはいらないぜ。おれたちのやり方を見ててくれよ』

ところが、戦闘になったらすぐに、敵の砲撃で彼らは立ち往生してしまった。

第１００歩兵大隊はすぐに彼らの救出を命じられた。わたしは、砲撃のなかに飛びこんで、足が立ちすくんでしまった何人かの第４４２連隊戦闘団の兵士を引きずりだして助けてやったことを今でもよく覚えているよ。

第１００歩兵大隊はドイツのＳＳ（ナチス親衛隊）の大隊をやっつけただけでなくて、第４４２連隊戦闘団が捕らえたよりも多くのドイツ兵を倒した。実際、第１００歩兵大隊はその戦闘で大統領部隊感状を受与されている。わたしたちがいてこその第４４２連隊戦闘団だったと、強く信じているんだ」

# 第442連隊戦闘団の戦い

## 歴史に残る部隊

日系アメリカ人部隊を語るとき、非常に有名なのは第442連隊戦闘団だ。

部隊がどういういきさつで編成されたかはすでに述べたが、一九四四年九月、第442連隊戦闘団はイタリアに上陸して二回交戦したのち、フランスに移動し戦うことになった。

兵士サミュエル・ササイの行動から部隊の動きをみてみよう。

「わたしは二十歳の誕生日を、イタリア・フィレンツェ近くの排水溝に横たわりながらむかえた。その後わたしたちは、イタリアのナポリからフランスのマルセイユまで輸送船で移動して、そこからはフランス国鉄の貨物列車に乗った。その列車の貨車は第一次世界大戦当時から有名なやつで、〝40＆8ｓ〟と呼ばれていたんだ」

これは貨車の外側に〝40 homme et 8 chevaux〟と書かれていたことから貨車の呼び名がついたのだが、その意味は「人間四〇人およびウマ八頭」ということだった。まるで家畜のように、兵士たちを運んでいたというわけだ。

「〝おだやか〟な表現で言えば、それは生涯忘れることができない体験だった……。水も食料もなくて、自分たちが身に着けていたもの以外、トイレも何もない貨車の中で、三日間を北フランスのボージュ、そこの山岳地帯に着くまでぎゅうぎゅうに詰め込まれたまま過ごした……」

## 泥にまみれての救出作戦

ボージュ山脈での第442連隊戦闘団の任務は、ブリュイエール解放のための戦闘と、ドイツ軍に包囲されたテキサス大隊、通称「失われた大隊」の救出作戦に参加することだった。

作戦についてコンラッド・ツカヤマは語る。

「モンテ・カッシーノの戦い、そして、フランスのボージュ山脈の深い森の中で失われた大隊を救出するわたしたちの努力は、自分たちの勇気を試し、二世兵士たちの一層の結束を強化することになった。この二つの戦闘のなかで、二世部隊が見せたのは、単に戦闘に勝利するだけでなく、他にも自分たちには闘う理由があるのだ、ということだ」

戦闘について、サミュエル・ササイの話に戻ろう。

「わたしが重要だと思うのは、この三十日にもおよぶ、(ブリュイエールの解放とテキサス大隊の救出という)二つの戦闘において、人間としての兵士が、いかに苦難のなかで戦ったか、ということについて語ることだ。

この地域では何日も何日も雨が続いていた。そのうち雨はみぞれに変わり、最後には雪になった。わたしたちは、〝腕がよく〟、そして戦う決意を強く持っている敵を相手にして、しかも彼らにとって有利なところで戦わなければならなかった。

戦場では泥にまみれ、肌までびしょ濡れになって震えながら戦った。二つの戦闘での死亡者と負傷者があまりに多かったから、わたしたちは、もはや戦闘部隊といえるものではなくなってしまったほどだった……」

苦戦ののち、部隊は十月三十日にテキサス大隊を救出した。だが、テキサス大隊の兵士二一一名を救出するために、第４４２連隊戦闘団は二一六名が死亡し、六〇〇人以上が負傷したのである。

ここで、ドイツ軍と人種差別、二つの敵と戦っていた日系兵士たちの、さまざまなエピソード中のクライマックスとなる話が登場する。

救出作戦の成功直後、テキサス大隊のバーンズ少佐は軽い気持ちで、

「ジャップ部隊なのか！」

と言ったことに対して、第４４２連隊戦闘団の少尉が、

「俺たちはアメリカ陸軍４４２連隊戦闘団だ。言いなおせ！」

と激怒してつかみかかり、少佐は謝罪して敬礼したという。

また、この作戦の後に、第36師団の師団長であるダールキスト少将が戦闘団を閲兵した際、K中隊に一八名、I中隊には八名しかいなかった。そのため少将は、

「部隊の全員を整列させろ」

と命令したが、連隊長代理のミラー中佐は、

「この兵士が全員です。あとは戦死か入院をしています」

と答え、少将が絶句したというエピソードだ。

## 戦い抜いた理由

だが、それほど不利な状況のなかで、兵士たちに戦闘の継続をうながしたものとはいったい

何だったのだろうか。

サミュエル・ササイは語る。

「わたしは、兵士たちが戦い抜いたのは、一人ひとりの兵士が、自分が戦うだけの特別な理由を多く持っていたからだと考えている。そうした理由の中には、全員が共通して持っているものもあった。たとえば、生き残るため、といったものだ。

生死の瀬戸際になれば、人間でも動物でも、死を免れるために必死で戦う。ボージュの山岳地帯でわたしたちは、自分の母国との国境線のぎりぎりまで追いつめられていた敵と戦っていた。背水の陣の敵軍からの死に物狂いの攻撃と、それを撃退しなくてはならない連合軍、つまり両軍とも、生き残るため、がむしゃらに戦ったのだ」

理由は他にもあるという。

「もう一つの理由はおそらく、ミシシッピ州における一年間の訓練と、イタリアにおける最初の戦闘体験の間につちかわれた戦友意識だと思う。

ともに耐えて、ともに困難を乗り越え、ときには死さえも直面した男たちの間に生まれた結束は、兄弟のそれよりも強く固い。

わたしたちは、仲間を死なせるわけにはいかないと思って戦った。戦友に対する強い思いと責任感は、兵士が任務を果たすための強力な理由になるのだ……」

さらに、たとえば家名といった、日本的な忠誠心も理由として挙げられた。

「それ以外にも理由はたくさんあっただろう。たとえば、『家名を汚してはならない』と両親に言われたこともそのひとつだし、日本人学校での、忠誠に重点を置いた道徳教育もそのひとつといってよいだろう。結局、家族、学校、教会といったところからの様々な教え、それらがはぐくんだものの組み合わせがおそらく〝正解〟なのだろうと思う」

そして、こうしたさまざまな理由が作り出した意識の深い部分には、本当は証明する必要のないものを証明しなければならないという不退転の決意があった。

「わたしたちは、その心においてアメリカ人であること、肌の色もつり上がった目つきも、アメリカ人であることを疑う理由にならないことを証明しなくてはならなかった。これこそ、わたしたちを一つにまとめる糊の役割を果たしたと確信している。すさまじい肉体的・精神的ストレスの中でわたしたちが『我慢』と『頑張り』を貫けたのも、この信念があったからだ」

## 勝利のなかで失ったもの

フランスでの戦闘は終わりに近づいてきていたが、いっぽうで彼らの消耗があまりにも激しくなってきていた。そこで第442連隊戦闘団は南フランスに移動させられ、第二次世界大戦の最後の冬をフランス・イタリア国境の防衛という任務につきながら送ることになった。

その後、新しい要員が到着したことで兵力を回復し、あらためてイタリア戦線への復帰を命じられ、イタリアに留まるドイツ軍に対する、最終的な攻勢に参加することになった。

「そのころになると、第442連隊戦闘団は〝年季の入った〟戦闘集団になっていたから、一九四五年四月五日に攻撃がはじまると、自分たちの力を遺憾なく発揮することができた。ドイツ軍が降伏したのはそれから一カ月後のことだった……」

勝利。

生き残った者にとってそれは、高揚感というよりもほっとした感覚だった。ようやく終わったのだ。だが、勝利までに、彼らはあまりにも多くの戦友を失った。

「多くの仲間が戦死していくなかで、自分はなんとか生き残ることができた幸運を、なぜ神様はわたしに与えてくれたのだろう？」

とサミュエル・ササイは振り返る。

「ボージュ山脈の暗い森のなかで戦っていたとき、わたしは自分が戦闘に生き残ることなど思いもしなかった。だが実際には生き残ることができている。そのときわたしは、この日からの日々を〝余生〟と考えるとともに、残る人生を自分自身のためだけではなく、すべてをなげうちながら死んでいった仲間のために全力で生きようと誓ったのだ」

# 負傷、戦争の後方での記憶

## 負傷の経験

当然、戦争である以上、兵士たちには負傷がつきものだ。

とくに、日系アメリカ人部隊はパープルハート大隊（負傷により与えられるパープルハート章の受章数があまりにも多いことからついた愛称。非常な勇猛さと、一方での大きな損害からつけられた）と呼ばれたこともあり、戦傷の記憶は兵士たちに強く刻みこまれている。

なんとか命を失うことなく、戦争から帰ってきた者のなかにも、負傷を経験したものは少なくない。負傷についても話を追ってみよう。

ベン・H・タマシロの発言だ。

「迫撃砲の集中攻撃を浴びて足を負傷し、わたしは数週間、野戦病院に入院することとなった。わたしが部隊に戻ったのは、一九四四年一月に始まったモンテ・カッシーノ作戦の直前だった。それが、第二次世界大戦における最大の戦闘のひとつだったことは、あとで知った。わたしはそこで二度目の負傷をした。今度は銃で撃たれて手を負傷し、ナポリで再び数週間の入院生活を余儀なくされた。前線で最善を尽くした、ということを証明したこの傷を、わたしはいま〝一〇〇万ドルの負傷〟と呼んでいる」

病院で回復を待つなかタマシロは、義兄のヒデオ・マツナガとばったり出あった。彼は、第100歩兵大隊のための初期交代要員として、第442連隊戦闘団からやってきたのだった。タマシロを見るや否や、彼は、財布を開いてそこに入っていた二〇ドル紙幣を押しつけながらこう言った。

「『これから行く先、おれがこの金を使うことはもうないだろうから、おまえにやるよ！』

それに対してわたしは、

『いつか必要になることもあるから、その金はしまっておいたほうがいいよ』

と、かたくなに受け取りをこばんだ。

だが、彼の言ったことは正しかった。このできごとからしばらくして、彼はアンツィオで戦死したんだ……」

## 凍傷になった兵士

また、コンラッド・ツカヤマの話を聞いてみよう。

彼は一九四四年の冬の寒さにより、凍傷にかかってしまった。

「丘を警備している最中、ハリケーンに襲われたことがあった。横なぐりに雪が降り、とても寒く、わたしたちは凍えてしまうところだった。

交代の兵士もやってこないから、しかたなく、雪と寒さをしのげる場所を見つけるために風に逆らって歩くしかなかったのだ。

やがて、一台の救急車を見つけた。しかもまわりには誰もいなかった。そこでわたしは、濡れたブーツを脱いで車中で眠りについたんだが、そのようなことがあって、チビタベッキオを過ぎたころには、みんなの足が凍傷になってしまっていた。軍医がわたしたちの足を検査して、まだ活動できる者と、入院しなければならない者とを選別した。

凍傷にかかった足は靴の中でふくれていく。だから、靴にすき間がないととても痛む。軍医がわたしの足を診たあと、なかなか靴をはくことができなかった。

診察後、サカエ・タカハシ大尉がみじめそうな顔をして外に立っていることに気づいた。彼は多くの優秀な兵士を凍傷で失ってしまったから……」

イタリアの病院はどこも重傷者でいっぱいだったため、しかたなく彼はアフリカの病院に送られた。

「軍医が、

『場合によっては足を切断するかもしれないな』

と言ったので、わたしは、

『そりゃ、とんでもない!』

と返事をした。

病院には多くの仲間がいて、誰もがそっと、そして機敏に歩いていた。

凍傷というやつは、ちょうど日本式の正座をしていると、そのうちしびれて歩きにくくなるのに似ている。つまり、血流が戻れば痛みはなくなるということだ。だがわたしの場合は、普通に歩けるようになるまで、何カ月もかかった。

わたしの治療法は、一日に二杯のウィスキーとある種のビタミンだった。毎日ポーカーをして、お金が足りなくなったら、ウィスキーを売って稼いだ」

負傷から一定回復したのち、ツカヤマはイタリアに移ることになる。

「イタリアに戻ったわたしは『クラスB』に編入され、ナポリ郊外のバニョーリにある人員補充所に所属することになった。わたしは第300総合病院で働くことを命じられた。これは、キッチンにいるイタリア人労働者にハッパをかけるという、つまらない仕事だった……」

## 負傷兵の〝闘い〟

だが、負傷兵とは言え、ガッツは十分だった。

そこにいた、詮索好きの大尉が、

「おまえはジャップだな?」

と言ったとき、

「わたしは、悪い足をかかえていたが、がぜん、やる気が出てきた。

『わたしはジャップじゃありませんよ。あんたよりずっとましな、アメリカ人です！』

そう言ってやったんだ。その当時、前線にいるハオレたちの言うことはみな同じだった。食ってかかられて、大尉の顔がみるみる真っ赤になってしまったのは、言うまでもない！」

昇進の時期が来たとき、コンラッド・ツカヤマは善行章（戦闘地域で一年以上任務についた者に授与される）を受けることができた。

だが、それを受け取るためには、まるで〝大それた〟ことをしたようにオフィスまで取りに行かなくてはならなかった。

「前線では、パープルハート章でさえタコツボ（敵の攻撃を避けるために掘った穴）の中でほったらかしにしていたのに……。

わたしはそもそも、そんなことをするつもりはなかったのだが、いざ大尉が賞状を読み上げてわたしに渡したときには、それをびりびりに破いてごみ箱に放り投げ、そして大尉にスマートに敬礼して、その場所から去ってやったよ」

さらには、ナポリでも差別とそれに対する抵抗という経験をした。

「ナポリの街を歩いていると、ある男女がわたしを呼び止めた。自分たちをある大学の教授だと紹介したうえでこう言った。

『あなたはアメリカ軍の制服を着ている。だがあなたは黒人兵にも白人兵にも見えない。いったいあなたは何者なんですか？』

わたしは彼らにこう言った。

『わたしは日本にルーツを持つアメリカ人です。イタリアにルーツを持つアメリカ人と同じですよ』

そうしたら、彼らはこう言ったんだ。

『いや、日本人とは小さい眼鏡をかけて歯が出ている、みにくい姿の人びとだ』

そこで、彼らにこう言ってやった。

『そりゃ、ムッソリーニ（第二次大戦中のイタリアの指導者、ドイツや日本と三国同盟を結び、アメリカ、イギリス、ソ連などの連合国と戦った）のプロパガンダを真に受けすぎですよ！』

彼らはだまって、その場を立ち去っていった……」

## ヨーロッパでの勝利、そして

## 戦勝を兵士たちはいかに迎えたか

一九四五年五月八日、ついにドイツが降伏した。ヨーロッパにおいて一年半以上の激戦のなかにいた日系兵士たちにも、やっと休息のときがきたというわけだ。うれしい報告は静かな祝意とともに迎えられた。もちろん、それを聞いて兵士たちには感謝とねぎらいの気持ちが心のなかに満ちあふれた。同時に、兵士たちは仕方なく置き去りにしてきた仲間に哀悼と特別なアロハを捧げ、彼らが眠る異国の土に白い十字架で印をつけた。兵士たちの一人は語る。

「この戦争が終わったとき、わたしは、すべての戦争が終わったことを本当に確信した。つまり、世界の人びとと国々が大量の死と破壊を目撃したこと、わが国のリーダーは、こうしたできごとが、再び起こることをけっして許さないだろうということ、すべての努力が永遠の世界平和のためにささげられるだろうことを確信した……」

## フランスを旅して

ジェシー・M・ヒラタは、ドイツの降伏後、兵士たちがどのようにアメリカ本土に戻ったのか、その興味深い一例を示してくれる。

「ある朝、MP（憲兵）の大尉がわたしに、日本語がしゃべれるかどうかを聞いてきた。翌日、わたしは船でアメリカ本土に向かうことになった。フランスに近づいたとき、わたしたちの船は、フランスで弾薬を積みこんでから太平洋に向かうという内容の電報を受け取ったのだが、このためにわたしたちはフランスのルアーブルで降ろされてしまった。指令書を手にしたまま、わたしたちは自由になった。しかも上官もいないとは。わたしたちはどの駐屯地に行くことも、好きなものを食べることもできる。

だが、指令書のために自分たちの身分がばれたら非常にまずいことになるので、おおっぴらに金を使うことはせず、買い物は闇市ですませた。わたしたちはフランスを静かに旅した。この国を十分に見たわたしたちは、『シータイガー（海のトラ）』という名の船に乗って、フランスの西の端からマルセイユまで行った。地中海は霧が濃く、昼となく夜となく霧笛が聞こえていた」

幸運にもフランス旅行を堪能してから、アメリカ本土に彼らは向かった。

「大西洋を渡ってアメリカ本土に到着し、わたしたちはメリーランド州のリッチー駐屯地に二十一日遅れで出頭した。わたしたちと行動をともにしたコトンクが、彼の妻が住んでいるクリーブランドに、ハロルド・カネムラとわたしを招待してくれた」

## アメリカ本土での歓待

リッチーにはたくさんのAJA（Americans of Japanese Ancestry, 日系アメリカ人）がいた。どこかの新聞社の社員が彼らを見かけ、その編集長が彼らに会うために町中を探し回った。そこで、編集長のオフィスに出向きいろいろな話をした。朝刊の一面に兵士たちの記事が載った。

「新聞を見た多くのAJAたちがわたしたちに会いにきて、ほめたたえてくれた。ある男性は、自分のクライスラーを自由に使ってよいと言ってくれ、また、カウアイ出身のある夫婦は、『今の居場所は狭いだろうから、よかったらわたしたちの家に来ないか』と言ってくれた。

自由に使えるクライスラーを手にしたわたしたちは、ナイアガラの滝を通ってカナダをめざした。ニューヨーク州バッファローに着いたとき、わたしたちはうっかり鉄道線路にクルマをぶつけてしまった。わたしたちはガソリンスタンドに行ったが、あいにく戦時配給制度のせいで、クーポンがないと何も買えない時代だったから、ガソリンスタンドの店主にガソリンもタイヤも売ることはできないと言われた。

唯一の方法は、クーポンを管轄している市役所に行くことだと言われたから、半ブロック戻り、帽子もかぶらず、よれよれのシャツのまま市役所に向かった。係に用件を伝えたが彼は、『臨時にクーポンの発給を許可できるのは市長だけだが、あいにく今日、市長はとても忙しい』と返事をしてきた。おやまあ、なんという苦境だろう！

そこで、彼らは自分たちが栄誉ある帰還兵だ、ということを徹底的に訴えることにした。「担当者もこの話を市長に取りつぎたくなかったんだろう。みんなで話し合った。最初のうちはなかなかよい案が出なかったが、知恵をしぼっていると名案が浮かんだ。

それは、こういう行動をすることだった。

髪をとかし、帽子をきちんとかぶり、ありったけの略綬（大部分は友だちに借りたものだったが）を着けたアイゼンハワージャケット（陸軍の制服の一種、ベルト付きの短い上着）という姿で、わたしは市役所へどうどうと行進したのだ。

するとき町中のみんなが、わたしのほうを振り向いた。わたしがさらに市役所のほうに進んでいくと、さきほどわたしたちを追い返した担当者がさっそく市長のところに走っていって、そして多くの市民がわたしを取り囲んだ。

自分たちののっぴきならない状況を市長に訴えると、市長は市民の前でこう語った。

『このすばらしい町に住む市民のみなさんは、わが国に多大なる貢献をした方を喜んで援助するであろうと、わたしは確信しています！』

市役所に着くと、市長は六〇ガロン（約二二七リットル）のガソリンと三本のタイヤに交換できるクーポンをわたしにくれた。わたしは市長に何度も礼を述べ、敬礼を捧げた。もちろん、市民たちにもお礼を述べるとともに、敬礼と大きな笑顔を送ったことはいうまでもない。

市長はほかにも述べたが、それについては読者はあんまり興味を持たないだろう。演説の大部分は政治的なものだったから。

市長もまた、わたしたちが来たのを利用して、有権者と握手をすることを忘れなかった。もっとも、誤解しないでいただきたい。バッファローに対してわたしは敬意と好意を持っている。それに、初めて訪れたナイアガラの滝は本当にすごかった！」

さらにアメリカの戦勝に多大な貢献をした兵士として、セレモニーに出席することとなった。

「リッチー駐屯地にいるとき、わたしは選ばれて第100歩兵大隊の代表としてトルーマン大統領の招待によって、ルーズベルト大統領記念基金式典に出席した。

この式典には、ハワイ出身のテルミ・カトウと二人のコトンクが同行した。カトウは片足を戦争で失っていたから、旅行の間はわたしがずっと彼を助けた。わたしたちはワシントンDCのメイフラワーホテルに宿泊したが、そこは混雑していた。アール・フィンチはわたしに、『ハオレの政治家たちに、日系兵士たちが何をなしとげたのかを見せたい。軍服もアイゼンハワージャケットを着て、ありったけのリボンを着けて、ホテルのロビーを歩きまわってくれ』と言った。わたしのところにやってきた上院議員や政治家はいなかったが、それでも彼らが、日系アメリカ人を強制収容所に収容してしまったから、彼らが怒って訴訟に出るのではないか？　と心配しているのを聞くことができた」

戦時中に日系アメリカ人を強制収容した、という判断の誤りを追求されるのではないか、と議員たちが感じるようになっていた。日系兵士の活躍が、ハワイの白人エスタブリッシュメントに〝危惧〟をもたらしたというわけだ。

これは、日系アメリカ人が強いられた、偏見との戦いにおける大きな勝利だった。

# 兵士たちは日本へ

## 日本との戦い

ドイツは降伏したものの、地球の裏側にあるもう一つの敵国にして、兵士たちのルーツの国である日本。だがこの国はいまだアメリカなど連合国との戦争を続けていた。日本は硫黄島を占領されても、沖縄では一般人までを多く犠牲にしながらの激戦を続け、さらに日本の本土に連合軍が上陸してもなお戦いつづける、と日本政府と軍は言っていた。

日系兵士のなかには、ドイツ軍ではなく日本軍との戦いに参加したものもいる。日本語を理解する力を生かし、日本軍が守る島への上陸の際に通訳として参戦したり、などだ。情報部で日本についてのさまざまな情報を得ることで、米国の勝利に貢献したものもいる。

だが、八月十五日には日本も降伏した。そして、戦争に敗北した日本に、あらためて上陸することになったものもいた。

## 焦土となった日本へ

かつて自分たちの父母が産まれ育った国に、その息子たちは占領軍として上陸した。戦争は連合国の勝利で終わったが、戦闘部隊とは違い、情報部隊の任務は戦争の終結後も非常に多かった。この任務のために、ヨシアキ・フジタニは父母の祖国へ赴任したのである。当初の任務は、日本が戦争を行った過程で作られた、軍事的価値のある文書の収集であった。

「戦争は一九四五年八月にようやく終わった。二、三カ月の準備ののち、わたしたちの一部が日本での一時的な任務につくことになった。十一月、わたしたちは東京に到着した。わたしたちの仕事は、日本の戦争努力に関連する文書をどんなものでも選別して、翻訳することだった。わたしたちの部署は『連合軍翻訳通訳セクション』というものだった。日本郵船ビルに宿舎を構えて、東京の北区にあった陸軍東京第一造兵廠《ぞうへいしょう》（兵器工場）に事務所を置いた」

膨大な数の書籍、雑誌、そしてパンフレットが集められ、床にどさっと置かれた。

「わたしたちの仕事は、何らかの軍事的価値のあるものを選別することで、それに該当しないものは廃棄された。それらの〝運命〟がどうなったかをわたしは覚えていないが、この作業が大きなむだであったことはよく覚えている。それはまるで、わが国でかつて行われた、焚書を再現しているかのようだった。軍事的価値がないというだけの理由で、大量の文書が簡単に捨てられてしまったのだから」

## 親族のホスピタリティ

兵士たちには、日本に住む親せきたちとの交遊もあった。ハワイとは違う、雪深い山里に祖母とその家族が住んでいたのだ。

「わたしたちの臨時任務は四カ月続いた。わたしにとってそれは十分に長いものだった。この期間を利用して、祖母のシテ・フルカワに会うことができた。祖母には、彼女が祖父といっしょに一九三〇年に日本に戻ってから会っていなかった。彼女は、焼夷弾によって街があとかたもなく焼き尽くされた富山市の大空襲を逃げのび、富山県の八尾村に住んでいた。

わたしは、祖母と会ったときのこの光景を今でも鮮明に覚えている。このときはひどい雪で、八尾村も厚い雪のじゅうたんにおおわれていた。わたしは、雪だまりのなかに作られた深い小径を横切るように歩いた。このとき、自分の気持ちは複雑なものだった。アメリカ軍の制服を着て、征服者として姿を見せるというおごり。と同時に、いるべき場所にいる者として迎えられたいという思いが交錯していたのだ。けれど、いざ祖母に会ったときにわかったのは、わたしは、やっぱり祖母の孫だった、ということだ」

祖母との再会の詳細を彼はあまり覚えていないという。温かい再会ではあったが、それは、あまりにもあっけなく終わってしまったからだ。ほかの親族も親切にしてくれた。東京の食糧事情の悪さのなかで、なんとか見せてくれたホスピタリティが記憶にのこっている。

「そのころ、父の兄、つまりおじの一家が東京に住んでいた。新潟市のある警察署の署長を務めていたおじは早くに亡くなっていたが、その妻と三人の息子、そして二人の娘が、空襲をまぬがれた東京の一角に住んでいた。

わたしが訪ねるとおばはいつも、身分不相応なほどのごちそうを作ってくれた。あるときおばは、タイラガイと呼ばれる大型の貝を料理してくれた。それは、正直なところわたしにはあまりおいしいと思われるものではなかったけれど、わたしのために一家が無理をしていることはよくわかったから、わたしは心からお礼を言った。また、ハチのさなぎを油で揚げたものをおばが出してくれたこともあった。それは見た目も味もエビそっくりだった。わたしは東京で日本の珍味を味わった、というわけだ」

彼の三人のいとこは自分たちと戦争をしていた、日本軍の軍人となっていた。

「いちばん下のいとこは、原爆投下後の広島でがれきを片づける任務についていた。二番目のいとこは陸軍経理部の少尉、最年長のいとこのマサユキは、八丈島に駐屯する歩兵大隊の中尉だった。あるときわたしが、陣地の構築を担当していたマサユキに、南太平洋で手に入れた、日本軍の陣地作りのマニュアルを翻訳したことがあると伝えると、彼は笑ってこう言った。

『そいつは、おれが八丈島で壕を掘るときに使ったやつさ！』

わたしが日本を離れるとき、彼は日本軍の軍刀を贈り物としてくれた。わたしは、

『降伏の印として、軍刀をプレゼントしてくれるのかい？』

などと言って、二人は大いに笑い合った。だがわたしは、それから十五年後に残念ながらこの軍刀を人にゆずってしまったのだ」

## 飢餓状態の日本

東京にいたときにもっとも胸が痛んだのは、人が飢えている光景を見ることだったという。若者も年寄りもみな飢えていた。何でもいいから恵んでほしいなど、普通は恥ずかしくて言わ

ない人が、彼のようなまったく見知らぬ人間に近づいてくることもしばしばだった。

「あるときわたしは、アーモンドロカキャンディーが詰まった丸い缶を持って、PX（米軍人とその関係者向けの売店）を出た。

それを誰にあげるつもりだったのか今では覚えていないが、家の前にいた子どもの父親とおぼしき男が何か恵んでほしいと言ってきたとき、思わずわたしはその缶を男にあげた。

そのときわたしの心に浮かんだのは深い絶望感だった。というのは、そのキャンディーの缶はすぐに空になってしまうが、空腹のつらさは、いつまでも心に残ることを知っていたからである。彼らがわたしと同じ顔をしていることは何の役にも立たなかった」

彼がもっとも打ちのめされたのは、こうした飢えた人びとの外見が（かつてはわたしたちの敵国民だったが）自分たちにそっくりだったことだ、という。

「この絶望感は日本を離れるまでわたしの中に残った。むろんわたしは、日本から〝逃亡〟することが、自己中心的で勝手な決着のつけ方であることをよく理解していたが。日本での任務が終わってから、わたしは約六カ月間、ワシントンDCで働いた。

仕事の内容はそれまでと同様、ワシントン文書センターで軍事文書を翻訳することだった。わたしは間もなく曹長に昇進し、この階級で一九四六年十二月の除隊を迎えた……」

フランス、サン・ディエ、最前線における
第442連隊戦闘団の兵士たち、1944年11月13日

# 第四章 兵士たちを支えたもの

兵士たちは愛国心やガッツに燃えていた。

また軍事的な貢献により日系アメリカ人のアメリカにおける立場の向上をかちとる、という意識を強く持っていた。

だが、戦争とは結局人が人を殺すことである。自分の息子が人を殺すこともあれば、逆に殺されてしまうこともある。

兵士たちを送り出した肉親は、戦争に対して何を思っていたのか、そしてどのようにしてそれを受け入れていったのだろうか。本章ではそこにスポットを当てる。

## 家族の記憶

### 息子を送り出した母の思い

兵士たちにも当然肉親がいる。彼らもまた、自らの息子を送り出すということで戦争に参加していたのである。その思いを追ってみよう。肉親の言葉として、まず二人の息子を戦場に送りだしたキクヨ・フジモトの話である。

「これまでに多くの人が、二人の息子を戦場に送り出すのはどんな気持ちかとわたしに尋ねた。その質問にわたしはきまってこう答えたものだ。

『国のために……』

当時、ワイキキからは一一人か一二人の青年が戦争に行った。彼らのなかに、ナカムラ、タカシゲ、ヒキダ、カワサキ、コモリ、ナダモトという名前の青年がいたことを今でも覚えている。わたしたちは二人の息子を戦争に送り出したが、夫もわたしもそのことをほかの親たちに話したことは一度もなかった。

質問をされたのはパールハーバー爆撃の直後のことで、まだ多くの人がわたしたちをまるでスパイのように見ていたころだ、ということを忘れないでほしいと思う。だからわたしたちは、集まって話をすることもまったくなかった。

だがわたしは、そのことに怒っていたわけではない。しかたがない、日本はパールハーバーを爆撃したのだから……」

長男のクニオを送り出したことについては、彼が第１００歩兵大隊の兵士として戦争に行くのはしかたがないとあきらめていたという。そして、クニオよりも二歳年少の二番目の息子、ヒコゾーは、第442連隊戦闘部隊に志願したが、そこには思うところがあった。

「わたしたちの国、アメリカのために、息子たちを行かせるしかなかった。もちろんわたしはほんとうに心配だった。毎日、仏壇の前に座り、子どもたちが安全で健康でいるように祈った。クニオが本土に向かうためにハワイを離れたとき、わたしは、クニオにメッセージを伝えた。くれぐれも体を大切にし最善を尽くすように、と」

その後、クニオは六〇〇高地で負傷し、第100歩兵大隊がカッシーノから退却したあとの一九四四年十月、ハワイに彼は帰還した。クニオが家に戻ったとき、戦争はまだ続いていた。

## 国家への〝借り〟

息子が無事に帰還したことはうれしかったが、自分たちがアメリカに一つの〝借り〟を作った、という感情に母はとらわれた。

「わたしには日本人の精神があった。つまるところわたしは、一八九八年生まれの日本人なのだから……」。

だがアメリカは、わたしたち家族にいつもよくしてくれた。人生にはいろいろなことが起きるし、わたしたちはただそれを受け入れるしかない。たしかに夫とわたしは日本から来たし、また子どもたちの先祖は日本人である。

だが、だからといってわたしは、子どもたちは日本のために戦うべきだと考えたことは一度もない。わたしは子どもたちをアメリカに捧げたのだから」

日系一世として、兵士たちを送り出す母として、日本人は強い民族なのだ、という思いを強く打ちだしていたのである。

## 陰膳を供えた母

いっぽう、兵士たちは肉親についてどのように意識していたのだろうか。

第100歩兵大隊のロバート・T・サトウ（第100歩兵大隊）と仲間たちの、戦時中、多くの犠牲を払い、疲れきったときのエピソードだ。

「われわれ二世兵士たちは、心底疲れきって、泥にまみれたヘルメットの上に座り、何か会話を交わそうと努めた。だが、誰も口火を切ろうとしなかった。

望みも未来もない〝七人の侍〟は、何もかも〝見切りをつける〟しかないのかと考えはじめていた。わたしたちの中隊は二〇〇人の精鋭でスタートしたが、今や残ったのは三二人に過ぎなかった。それでもなおわたしたちは、この戦争が終わるまで頑張ろうと言い合った。わたしたちにとっての大きな問題は、第442連隊戦闘団にこれ以上、補充を要請できないことだった……」

だが、この〝七人の侍〟は、まだひとすじの望みを捨てていなかった。

そのとき突然、いつもはもの静かなK上等兵が誰に言うともなくつぶやいた。

「おれが運よく島に戻ることができたら、一番最初にしたいのは、熱々のごはん、刺身、それにおふくろが大好きだった、豆腐の入ったみそ汁とお新香を食べることだな……」

「お新香ってなんだい?」

それを聞いて、Mが尋ねても、誰も答えようとしなかった。

そのとき、口数は少ないがいつも親切なF上等兵が、

「アメリカで戦争を開戦する権限を持つのはいったい誰なんだ?」

と質問した。

「そりゃあ大統領に決まっているじゃないか!」

即座にこう答えたのはT上等兵だった。それを聞いたサトウは、

「それは違うよ。憲法には、議会が戦争を宣言できるとちゃんと書いてある。上院議員一〇〇人、下院議員四三五人の合わせて五三五人が決定するんだ。それが最後だよ」

と言った。

「そのときわたしは、なぜF上等兵がそんな質問をしたのか理解できなかった。F上等兵は一人息子で、彼の母はFあての手紙にいつもこう書いていた。

『おまえの写真の前に毎日、陰膳（不在の人のために、家族が無事を祈って供える食膳）を供えています。毎日、母さんと一緒に楽しく食事することができるよう、温かいごはん、梅干し、それに温かいお茶をお供えしています。愛する息子よ。わたしがこうするのは、おまえが戦場のどこに行ってもひもじい思いをしてほしくないからです』

ふつう陰膳は日が上がる前に供える。彼はわたしに、母からの手紙を二度見せてくれたが、そのたびに、陰膳のことは誰にも言わないでほしいと言った。

『なぜだい？　君のお母さんはすばらしいことをしているのだから、お母さんのことをもっと自慢してもいいんだぜ』とわたしは言った」

この言葉に対して、F上等兵は、母のことを誰にも批判してほしくないからだ、と言った。

「母はいつもぼくのことを思ってくれている。たとえば母は、タコツボのことなんて何も知らないのに、『タコツボはなるべく深く掘るんだよ。そうすれば死ななくてすむから……』なんて言ってくるんだぜ」

サトウは答えた。

「君のお母さんは本当にすばらしいよ。君のお母さんは、一人息子が戦場で生き残るために母として最善を尽くしているんだよ」

最後にFは言った。

「表だっては言わないが、母が、いつか僕が無事に戻ることを願っていることを僕はよく知っているんだ。

『おまえは家のことは心配せず、毎日、やるべきことをすればいいんだよ。体に気をつけて、お国のために一生懸命、戦いなさい』

といつも言ってきているけれど、わかるんだ……」

## 母の名

極限状態のなかで、兵士たちが負傷した際、さらには死にのぞんだ際、彼らは母の名を声に出した。ロバート・T・サトウがあらためて証言する。

「突然、軍曹が敵が反撃してきていること、担架運びも含めて多くの負傷者が出ていることをわたしたちに伝えた。

これはとても異例なことだった。軍曹はまた、

『ロバートとMはすぐに救護所まで行って、丘から負傷者を降ろせ！』

と命じた。そのとき、タコツボを死にもの狂いで掘っていたわたしは、正直、その命令を聞いて喜んだ。救護所に向かう間、何人もの負傷者を見かけたが、わたしたちの任務は、もっとも負傷がひどい兵士の手当てを真っ先に行うことだった。わたしたちが現場に到着すると、彼は顔を下にして横たわっていた。

荒い息づかいから彼がひどく負傷していることはすぐにわかった。どうも銃弾の破片が当たったようだった。顔から血がしたたるように流れていた。注意深く彼をあつかうように言われていたわたしたちは、彼の体をできるだけ静かに起こした」

そのとき負傷兵が発した声を、サトウは戦争が終わったあとも忘れることができなかった。

「そのとき突然、彼のゆがんだ、血まみれの唇から、

『お母さん……』

という言葉が聞こえたような気がした。戦友も聞こえたと言った。だがその声があまりにも小さかったため、何を言っているのかよくわからなかった。わたしはとてもあせり、動転してしまった。『お母さん』は、死んでしまうような負傷をした二世兵士が、その短い人生の最後につぶやく言葉だということを、聞いたことがあったから……」

この言葉が彼の最後の一言とならないように、サトウは心から祈った。

「たのむ、死なないでくれよ！」

彼の命を救うためには、すぐにでも救護所に連れて行かなくてはならない。サトウたちはずっと走りつづけた。そして、自分の持ち場に戻って、サトウは驚いた。

「大混乱のあとでわたしは持ち場に戻った。するとどうだろう、掘りかけていたタコツボが敵の迫撃砲の直撃を受けていたのだ。わたしのツルハシとシャベルは完全にどこかに行ってしまっていた。わたしは、どうすればよいのかわからずぼうぜんとした。もしあのときも、タコツボ掘りを続けていたらわたしもすぐ死んでいたに違いない……」

サトウはぞっとしたが、担架運びの仕事が命を救ってくれたこともまた実感したのである。

## 本土に行けるという夢

戦場でさまざまな苦労を経ていくなかで、兵士たちが父母の愛情を思い返すこともあった。

第442連隊戦闘団に所属していた、ミノル・キシャバの思い出である。

「高校を卒業してからだいぶ経ったころ、全員が日系アメリカ人で構成されるという部隊への志願者をつのる通達が回ってきた。

それが第442連隊戦闘団だった。そのころわたしは十八歳で、七人兄弟の七番目だった。わたしは、ラハイナでは最初に志願した二世だった。わたしのすぐ上の兄であるススムも志願した。軍に志願したとき、わたしの頭に真っ先に浮かんだのは、兵士になれば本土に行けるのでは、ということだった。

本土に行くことは、わたしのような『プランテーションボーイ（大規模農園の風景と生活しか知らない少年）』にとってひとつの夢だった。

志願してから、わたしは何週間ものあいだ夢見心地だった。アメリカの兵士になったこと、その結果、いずれアメリカ本土に行けるということはわたしにとってとても誇らしいことだったんだ……」

だが、志願の決断がもたらした現実は、ラハイナを発つ前夜、すっかり彼の心を沈ませてしまった。

「父、一番上の兄、ススム、そしてわたしは居間に座っていた。父はあまりしゃべらない人だったから、長兄がススムとわたしにこう言った。

『おまえたちの訓練は過酷なものになるぞ。ドイツ兵は優秀な兵士だからな……』

長兄の言葉がわたしを打ちのめした。父の方を見てもただ黙っているだけだった。もう二度と会えないかもしれないと思うと、わたしたちは一緒になって泣いた」

勇んでの志願が、当然ではあるが家族に非常な心配をかけたのだ。

志願者は入隊のために翌日出頭するよう言われていた。

## 母のみそ汁と涙

入隊の日の朝、母は彼らのためにみそ汁を作った。

「母は、食事の間じゅうずっとわたしとススムのそばにいた。誰もあまり話そうとしなかった。

わたしがみそ汁をごくごく飲み干すと、母はわたしに、

『もう少しどうだい?』

と聞いた。わたしはもう十分だと答えた。わたしは感極まってしまい、思わず涙をこぼした。母も泣いていた……」

ラハイナからは七七人が志願し、町の中心で軍隊のトラックを迎えることになった。出征の朝、あまり体調がよくなかった父は家から出なかったが、母は見送りに来てくれた。

「トラックに乗り込むまでは何ごともなかったが、突然、母はわたしの腕をつかむと、

『行かないでおくれ！』

と言った。わたしが泣き出すと、ススムはわたしに、

『おまえが泣いたら母さんも泣くから、泣くのはもうやめろよ』

と言ってきたんだ」

この光景を、彼は一生涯忘れられないという。

「思い出すと、今でも母が泣いている姿がしっかりと見えてくる。人間は感情がこみ上げてくると何も言えなくなってしまう。

トラックが走り出しても、母はトラックに追いすがり、そして泣いていた。母にとってトラックは、子どもたちを戦場まで連行する悪いやつのように見えたんだろう。

このときの光景は、今でもわたしの脳裏に残っている……」

シェルビー基地で基礎訓練を受ける間、キシャバはラハイナにある自宅に戻る夢をよく見た。その夢はとても鮮明で、自宅の裏庭で芝を刈ったり寝転がったりしているのだった。

両親の不安を少しでも解消しようと彼は定期的に手紙を書いたが、母の息子に対する思いを知ったのは戦後になってからだった。

「戦争が終わって故郷に戻るとき、わたしの母と父は、空港でわたしたちを迎えてくれた。わたしたちが自宅に戻ると母は、わたしたちがラハイナを離れたあとに拾ったという、ぴかぴかと光る四つの石をわたしたちに見せ、

『この石は、どこへ行くときもいつも身に着けていたんだよ』

と話してくれた。母によれば、四つの石はススムと彼の四本の足を示しているということだった。毎晩、公衆浴場に行くときも母はその石を持っていき、石を洗った。まるで息子たちの足を洗うように……。また、寝床につくときもその石をそばに置き、息子の足が冷えないように、また安全であるようにと祈った。

母はまた、家族で夕食をとるときには、自分が彼、ススム、そして、サダイチ・クボタ（ヒロ出身で「I中隊」所属のススムの友人）の四人の写真を食卓に置いていたことを話してくれた。それは、わたしたちがひもじい思いをしないですむようにとの親心だった……」

## 戦時中における日本人の支援

これまでは戦争で兵士として戦った日系アメリカ人の話を述べてきたが、〝戦場〟は制服を着た男たちだけのものではなかった。

戦時中、〝もう一つの戦場〟で戦った女性の話がある。興味深い事例なので、取り上げてみよう。一九一五年生まれのシメジ・カナザワという女性だ。

彼女の数奇な大戦中の運命と、日系アメリカ人社会に対してなした貢献について語ろう。

### 中立国スウェーデン

彼女は、第二次世界大戦中、スウェーデンの領事館で働いていた。

スウェーデンは戦時中、中立を保っていた。そのため、国際法にのっとり、ハワイ駐在のスウェーデン副領事であるグスタフ・W・オルソンが、ハワイにおける日本の権益を監視することになった。

だが、十二月七日の真珠湾攻撃は、本来の彼の仕事に携わる余裕をゼロにしてしまった。日本軍の攻撃により多くの市民が死傷したため、オルソンの生活は、クイーンズ病院の管理者という仕事によって圧倒されるようになってしまったのだ。

そのとき、カナザワに白羽の矢が立てられた。

「領事館の仕事をやってくれる女性スタッフが欲しいんです。できれば日本語が話せる人がいいのですが、それ以上に大切なのは、〝赤十字精神〟を持った女性です」

という話だった。カナザワは語る。

「わたしが所属していた職場の部長だったオルドン・モレル氏が、領事館の仕事にわたしを推せんしてくれた。モレル氏の推せんだけを頼りにオルソン氏は、パールハーバー攻撃から三カ月後の一九四二年二月、面接もせずにわたしを採用してくれた。スウェーデン副領事のために働くという経験は、もっとも困難なときに、いちばん支援を必要としている人を助けるためのまたとない好機をわたしに与えてくれた」

日々、戦争によって散り散りになってしまった家族のために、自分でできる最善のことに全力を尽くした。

カナザワは、政府に拘束されている夫に代わってその妻のために仕事を探すことや、また、たとえばお年寄りの苦悩を聞くことで彼らを楽な気持ちにする、また、アメリカ本土にある捕虜収容所まで家族と同行するとともに、夫や父と再び一緒に暮らせるよう彼らを手助けする、といったことを行った。

## 公正さを守ることの意味

戦争に参加し、アメリカの大義を実現することで、日系アメリカ人の権利を勝ち取ろう、という動きとはまた違うように思えるかもしれないが、カナザワの行ったこともまた、日系アメリカ人の権利を守り、ひいてはアメリカが公正な社会となるために必要なことであったのは言うまでもない。また、日本兵の捕虜が不当な境遇に置かれていないか、という監視もおこなった。

「オルソン氏とわたしは、アメリカ本土に行く途中、ホノルルに立ちよる日本人捕虜を乗せた船の検査も行った。わたしたちは船に一隻ごとに乗りこむとともに、捕虜の生活状態がジュネーブ条約に適合しているかどうかを確認していたの」

チェックする対象には、食事や水はもちろんのこと、衛生設備やレクリエーション活動までもが含まれていた。

「わたしたちはまた、船が西海岸に着くまでもつだけの十分な医薬品が積まれているかも確かめていた。そして、ホノウリウリとサンドアイランドにある仮収容所をまめに訪ねて、収容者がきちんとした扱いを受けているかの確認に当たった……」

戦後、そうした努力が評価されてカナザワは、「第二次世界大戦における卓越した成果」の証明をアメリカ赤十字社本社から授与されたのである。

## 彼女を育んだ家族

彼女の献身的な活動を支えたのは、一世の父母から得た価値観である。彼女は自分の家族を以下のように語る。

「一一人も子どもがいたにもかかわらず、父のトラゾウ・リュウサキと、母のサキ・ハラダ・リュウサキは、わたしたちを愛し、わたしたちの一人ひとりがまるで〝一人っ子〟と感じるようにわたしたちを育てた。わたしの両親は貧乏だったけれど、わたしたちが大人になっても、子どもたちの前で家計について話すことはけっしてなかった」

母についても語られる。

「わたしの母は、いわゆる『写真見合い』の形で静岡からハワイにとついできた。母はとても賢く、そして慎ましい人だった。母は、朝起きてから夜遅くまで、豆腐、油揚げ、こんにゃく、まんじゅう、それにせんべいなどを作って懸命に働いていた。母はまた、野菜を作り、ニワトリやブタを飼っていたから、わが家の食卓にはいつも食べ物があふれていた。けれど、子どもが一一人もいたから、母がおむつを洗わない日は二十四年間で一日たりともなかった……」

カナザワの父は独学で自動車修理の技術を覚え、それを元に自動車修理工場を営んでいた。その当時、カムエラにはホテルやレストランが一軒もなかったため、コナ、ノースコハラ、あるいはホノカアに通じる一本道でクルマがエンコしてしまったときは、運転手と同乗者を父が家に招き、彼らのクルマを修理するあいだ彼らに食事をふるまうといったこともあったという。

「父はとても気さくな人柄で、誰とでもすぐに親しくなり、そのうえ他人を助けることを幸福と感じる人だった。母はわたしたちに日本語で話しかけ、わたしたちは英語で答えるのが普通だったが、わたしたちが言っていることを母はとてもよく理解していた。父も母も、年長者には敬意を払うこと、また、友だちも、見知らぬ人も、どちらに対しても親切にすることの大切さを子どもたちに教えてくれた」

こういった父母を見ながら、彼女が得たものについて、こう語っている。

「その当時、わたしたちの家族の生活の中心にあった価値は『頑張れ』という日本語だったの。父も母も、何ごとをするにも最善を尽くすこと、最後まであきらめないことが大事だということを気づかせてくれた。どんな困難が行く手をはばもうとも、あるいは、状況がどれほど不可能に見えようとも、前に進むことが大切だと、わたしたちに繰り返し説いた……」

この教えが、彼女を支えたのだという。

「戦争時の奉仕は、貧困に苦しむ人びと、見識を失った人びとの苦難をすこしでもやわらげる活動だった。そして、それはわたしに、支援を必要とする人びとに接する機会を与えてくれた。それはわたしの両親が、わたしたち子どもを一人ひとりきちんと分けへだてなく接したのと同じだった……」

## 「頑張れ」という日本語

トルーマン大統領の閲兵を受ける
第442連隊戦闘団の元兵士たち、1946年7月15日

# 終章 戦争を振り返って

日系兵士として、またアメリカ国民として、戦争に従軍し、ひいては日系アメリカ人の権利向上のために戦った兵士たち。

彼らは、第二次世界大戦をいかに振り返っているのだろうか。

その言葉を追うことで、本書の最後を締めくくりたい。

# ハワイ出身の日系アメリカ人にとって、戦争とは?

## 兵士の誇り

「誰かがわたしに、

『わたしは最初（第442連隊戦闘団が編成される以前）の第100歩兵大隊にいました』

と言うときの声には、特別な誇りの響きがいつもあった。こうした言葉自体が、ハワイ出身の男たちからなるこの特別な部隊に属していたという誇りだけでなく、合衆国のための戦いを耐え抜いた彼らの苦難をあらわしているんだ」

リン・クロスト〈第１００歩兵大隊〈独立〉〉はこのように述べる。

ハワイ出身の兵士たちは、他の地域出身のアメリカ軍兵士と違って、アメリカの領土が爆撃され、家族が恐怖にさらされたようすをすでに見ていた。そして、

「そのことが兵士たちの中にある、合衆国の一員として自由を守るために偏見と闘わなければならないという、決死の義務感を否応なく呼びさました。

かくして最初の第１００歩兵大隊は、アメリカの初期の戦争において自由と正義のために戦った人たちのように、伝説的な男たちによる伝説的な部隊になったのだ」

と高らかに語っている。

もし日本軍がハワイに侵攻すれば、ハワイに住んでいる日本人たちもアメリカ生まれの子どもたちも、祖先が敵と同じという理由だけで反逆の疑いをかけられてしまう。

しかし、ハワイの日系アメリカ人はそういった状況のなかで、アメリカのために立ち上がった。クロストは続けて言う。

「一九四二年六月五日の夜、本土へ向かう輸送船に乗船した日系アメリカ人兵士にとってそれは、アメリカへの比類のない旅路の始まりだった。

ある種、屈辱的にハワイを旅立った第１００歩兵大隊だが、この部隊は合衆国への忠誠を戦

場で証明する、という挑戦に直面した最初の部隊だった。彼らは『パールハーバーを忘れるな』という合い言葉を常に忘れず、それにもとると非難された者は誰ひとりとしていなかった。そして、ハワイへの愛と反響するように、大隊旗は、古代の族長が着用していた、羽根の付いたヘルメットと、ハワイ人が敵を防ぐと信じていたタロの葉をあしらったものだった。どこへ行こうとも、彼らは愛するハワイの島々を片時も忘れることがなかった。

また、そのころ軍の情報部に所属する二世の言語専門家はすでに、戦火のなか、太平洋の島々に散らばっていたが、彼らが何をしたのか、という話は厳重な機密とされていたから、アメリカ人がその存在を知ったのはそれから二十年もたったあとのことだった。

だから、第100歩兵大隊の軌跡は、合衆国に対する日系アメリカ人の忠誠と、それを守るために彼らがなしとげようとしたことのわかりやすい第一の証明だった。

一定の訓練を受けたあと彼らは、一九四三年九月二十二日になってようやくイタリアのサレルノ海岸に上陸した。彼らの到着がそれほどまでに遅れたのは、忠誠が常に厳しく検査されたからである。

上陸の一週間後、大隊は最初の死を味わった。同隊所属のジョー・タナカ軍曹が、敵との遭遇戦の中で戦死したのである。これによって同隊は最初の『殊勲十字章』を受章した。

毎年、彼が戦死した日の直近の日曜日には、同隊にかつて所属した兵士たちが集まり、戦死した、あるいは、戦傷の影響や加齢により死去した仲間のために慰霊式を行っている。

第100歩兵大隊の近くで戦った陸軍部隊、それらを指揮した指揮官たち、そして第100歩兵大隊を取材し報道した戦争特派員たちは、この部隊をけっして忘れることはなかった」

## 血と涙が産み出した尊厳

そして、リン・クロストは続ける。

「なぜなら彼らは、血と涙、そしてこのうえない勇気のなかで自らの歴史を記したからである。しかもそれは、モンテ・カッシーノの岩だらけの斜面に到達するまで続いた。

この地において同隊は、ドイツ軍が作り上げた第二次世界大戦最大の防衛線のひとつといわれたグスタフ・ラインに真っ向から直面し、ここにいたってようやく同隊に対する評価は、〝疑念〟という屈辱から〝感嘆すべき民族〟へと高まったのである。

第100歩兵大隊の不屈の勇気によって、けっして退却しない二世兵士たち、つまり〝小さな鉄人たち〟の伝説が生まれたのも、また、胸が痛むような死と負傷とともに、人びとの記憶に残るであろう、パープルハート大隊というニックネームを彼らが獲得したのも、この斜面においてであった。モンテ・カッシーノにおける彼らの武勇は新聞や雑誌にも広く取り上げられ、二世兵士たちの存在、また、合衆国の理念のために彼らがおこなったことを、アメリカ人大衆が知る最初の機会となったのである」

## 外敵、そして内なる敵との二つの闘い

繰り返しになるが、第１００歩兵大隊がサレルノに到着したときの数は一三〇〇人だった。三カ月後、モンテ・カッシーノの戦いが終わったとき、その兵員は合計五二一人になっていた。彼らは、外国の敵だけでなく偏見と疑念を相手に戦った。彼らはまた、あとに続く日系アメリカ人兵士のための基準となった。

疑念という雲の下でハワイを発った二世兵士たちは、一兵卒から将軍にいたるまで、すべてのアメリカ軍将兵の称賛と信頼を獲得しただけでなく、のちには、自分たちの指揮下に日系アメリカ人部隊を配置したいと、軍の指揮官らの間にいさかいが起きるまでになったという。

大幅に減少した第１００歩兵大隊のための交代要員には、ミシシッピ州シェルビー駐屯地で

まだ訓練を受けていた第442連隊戦闘団があてられることになった。こうして再拡充された大隊は、戦闘の最初の数カ月において確立していた目覚ましい記録を継続することになった。

その後、アンツィオに送られた第100歩兵大隊は、そこを脱出するともう一度、誰の目にも無理と思われるほどの〝偉業〟を成しとげる。

二つの大隊（第100歩兵大隊の二倍の規模だった）が制圧に失敗していた、ローマへの道に敵が築いた最後の防衛線を第100歩兵大隊が突破したのだ。その結果、連合軍部隊は当初の予定を維持することができ、一九四四年六月五日、〝永遠の都ローマ〟への入城を果たした。

それは、連合軍によるフランス・ノルマンディー海岸への偉大な上陸の一日前のことであり、くしくも第100歩兵大隊が急いでハワイを発ってからちょうど二年目のことだった。

その月の終わりごろに第100歩兵大隊が、到着したばかりの第442連隊戦闘団と合流したあとも、第100歩兵大隊は新しい編制においてその名前を保持することを許された。

こうして誕生した第100歩兵大隊と第442連隊戦闘部隊による合同部隊は、イタリアを北上してアルノ川を渡り、そして先にも述べたように、テキサス大隊をフランスで救出し、最後に、イタリア戦線における終戦をもたらした、アペニン山脈を経由した攻撃の開始を助けたのである。

## 栄誉は永遠に

サレルノでアメリカ第五軍の指揮下に入ってから、第100歩兵大隊を間近に見てきたマーク・クラーク中将は、終生この大隊を忘れることがなかった。一九八二年、大隊創立四十周年を祝うため、中将は、次のようなメッセージを発した。

「わたしは、諸君の偉大な戦功と、アメリカ軍のみならず、困難なイタリア作戦をともに戦った多くの国籍の軍隊が感じる、諸君に対する敬意を目撃した……」

戦争の終結から何年もの歳月が過ぎたいま、彼らに与えられた栄誉の記録も、殺され傷ついた兵士たちの数も、少しずつ忘れられようとしている。

だが、リン・クロストは述べる。

「だが、わたしは、ハワイ出身の男たちが作ったこの勇気ある部隊、つまり最初の第100歩兵大隊をいつまでも覚えているだろう。彼らを知り、また彼らが何のために戦い、何をしたかを知る人たちもまた、けっして彼らを忘れないだろう」

今日、アメリカ社会における日系アメリカ人の立場はある程度、安心できるものとなったとクロストは言う。だが、言葉は続く。

「機会平等のための、そして市民としての自由を持続させるための闘いに終わりはなく、しかも不断の警戒と積極的な参加を必要とする。混乱した状況が到来し集団ヒステリーが蔓延すれば、憲法による保障もあっさりと潰されてしまうのは、わたしたちが生きてきた歴史によって証明されているのだ」

## 東洋的な道徳

そして、リン・クロストは日本的、ひいては東洋的な価値観が兵士たちと日系アメリカ人のバックボーンにあり、このことは忘れてはならないと言う。

「『恩』『義理』『忠義』といった概念を親たちの世代により養われたことは、今でも間違いではなく正しかったと信じている。それらは日本的な考え方であり、もう少し正確に言えば儒教的な教訓である。だが、その由来がなんであろうと、それらには価値がある。

そして、わたしの仲間の多くが親たちと別れるときに、家に恥をもたらしてはならないという警告の言葉を受けた。

この言葉によって、わたしたちは、単に家族だけでなく、広く友人にも地域社会にも、そして自分の国にも恥をさらさないよう努めた。もしわたしたちが、自分たち自身だけでなく自分たちを支援してくれる人たちに恥をもたらさないようふるまうことができたら、わたしたちの住む世界はどれだけよくなることだろうか。

わたしたちの子どもと未来の世代が、自由と専制からの解放が、血という代償によって得られたことを記憶することを望んでいる。彼らが、自らを保つため勤勉に働くうえで必要な、このかけがえのないのない贈り物をいつまでも尊重してくれることを願ってやまない……」

## 「大和魂」だけではない

だが、アメリカに住まう者として、さらにアメリカという国家への忠誠もまた、日系兵士には強くそなえられていた、とヨシアキ・フジタニは述べる。

日本的な美徳とアメリカへの忠誠を兼ねそなえた二世たちの行動。それが戦争、そして差別に対する勝利の精神的な原動力となったというのだ。

「二世たちは、ヨーロッパ戦線においても、太平洋の戦場においても卓越した戦闘者だった。

そこには、日本人兵士と共通する特質があった。それを『大和魂』と呼ぶ人もいるが、二世にはそれだけではない、戦うためのもうひとつ別の理由があった。

それは自分の国に対する単純な忠誠心ではなく、たとえ敵が自分にそっくりであろうとも、自分はアメリカに対して忠誠を尽くしていることを、そしてまた、自分の家族だけでなく、多くの人たちがよりよい生活を送るために喜んで自分の生命をなげうつ覚悟があることを、愛する国にいる他人に身をもって示す、というせっぱつまったニーズ（必要性）だった。

これこそ、自分の国に対する感謝の、二世なりの表現方法だったとわたしは信じている。むろん、こうして二世が獲得した尊敬はきわめて高価な代償との引き換えによるものだった。わたしたちは、彼らが払った犠牲にいつまでも感謝すべきだと思っている」

アメリカのために戦った日系兵士。

その存在は、アメリカにおける差別、そしてその克服の歴史という観点からも、あらためてとらえ返されるべきものであろう。

# ［特別座談会］——価値について

以下は、二〇一二年七月六日、ハワイ州ホノルル、プリンス・クヒオ連邦ビルのダニエル・K・イノウエ連邦上院議員事務所で行われた、日系二世が持つ特質と価値観、さらにはその美徳を次世代にいかに伝えるか、をテーマとして行われた座談会の記録である。参加者はダニエル・K・イノウエ上院議員、アイリーン・ヒラノ・イノウエ、ジョージ・R・アリヨシ元ハワイ州知事、加茂佳彦元ホノルル総領事、荒了寛僧正、フジオ・マツダ博士、ヨシアキ・フジタニ師、テッド・T・ツキヤマの各氏である。

**フジタニ**　この座談会はできるだけ堅苦しくないものにしたいと思います。この座談会は、書籍の締めくくりとなるもののはずです。

元ホノルル総領事の加茂佳彦さんも本日のテーマに強い興味を持たれ、荒了寛先生とお二方で、ハワイのために二世が貢献したものは何か、ということをテーマに、わたしたちと話をすることで、かねてからの関心を満たしたいと考えています。

**荒**　わたしは、二世については、この言葉が彼らのなしたことを非常に明快に語っていると思います。

「この国において日系アメリカ人以上に、大きな尊敬と、確固たる業績という地位を獲得した民族グループはない。今日、総人口のわずか〇・五パーセントしか占めていない日系アメリカ人が一人の連邦上院議員と二人の下院議員、それに、この国の国民生活における主要分野のほとんどすべてに傑出した代表を送り出している」（ビル・ホソカワ著『二世——このおとなしいアメリカ人』〈井上勇訳・時事通信社刊〉に引用された、元ハーバード大学教授・元駐日大使のエドウィン・ライシャワーの言葉）というものです。

**フジタニ**　たしかにその本には、荒先生も知りたくなるような興味深いことがらがたくさん述べられています。著者は二世の特質を追いました。そして荒先生もそのことのいくつかをぜひとも明らかにしたいとおっしゃっています。そこで今日の座談会となったわけです。

## 「義務」「名誉」そして「恥」

**イノウエ**　わたしは、二世、つまりわたしたちの世代のものの考え方を調べるためにできることをしました。

するとと、わたしたちの親や祖父母は、もともとは契約期間が終わったならば、日本へ帰るつもりだったということがわかったのです。これは重要なことです。たとえば、同じアジアからの移民でも、中国人には祖国へ帰るという発想がありませんでしたから、彼らは多くの財産をハワイに持ってきました。それに対して日本人は、いずれ祖国へ帰るつもりだったため、人数こそ他の民族グループに比べて多かったのですが、ハワイには財産らしい財産は持ってこなかったということです。

第二に、わたしたちの祖父母は、日本にいる今の日本人よりもずっと日本人らしいように思える、ということです。わたしは、祖父が教えてくれた言葉を忘れることができません。「義務」と「名誉」という言葉です。教わった当時は、私には言葉の意味がわかりませんでした。私がこれらの言葉の意味を改めて教えてもらったのは戦争のあとでしたから、これらの言葉が私の戦争に影響を与えたということはありませんでしたが。

けれども、名誉ということで言えば、イタリアで最初の攻撃をした朝のことを今も思い出します。そのころわたしは小さな部隊の副隊長で十九歳でしたが、隊員を集め、質問をしました。

「みんなも知っているように、これはおれたちの最初の戦闘だ。誰かが傷つき、あるいは死ぬかもしれないことをおれたちは知っている。そこで聞くのだが、昨晩、寝ながら何を考えていたかい？」

この質問に対する答えを聞いてわたしはとても驚きました。というのはそうした答えはまったく予想していなかったからです。

「傷つきたくないし、殺されたくない」

という返事は誰もせず、

「自分たちが望むのは、恥を家族にもたらさないこと、国の名誉を汚さないことです」

と、みんな、言い方は違ってもこのようなことを言ったのです。

彼らの返事を聞いて、わたしはどれほど誇らしく思ったことでしょう。自分自身のこと、自分の負傷や死のことではなく、家族と国に恥や不名誉を持ち帰りたくないと考えたのです。

もうひとつ、わたしが子どものころこんなことがありました。わたしは長男でしたが、自分以外も六世代にわたって、つまりわたしの父も、祖父も、曾祖父も、高祖父、高祖父の父親も長男だということを戸籍謄本を見て知りました。その結果、わたしの祖父は、孫であるわたしを日本人として育てることが自分の義務だと感じたのです。でもわたしには葛藤がありました。というのも、わたしの母は四歳のときに両親を失った孤児で、一年間ほどネイティブのハワイ人に育てられたあと、メソジスト派教会の神父に育てられましたから、母ができる日本語は限られており、理想も違っていたからです。

でも祖父は、イノウエ家が侍の子孫であることにこだわりました。小さいころ、けがをして泣くと祖父は、

「侍は泣いてはいかん」

とわたしに言いました。そのおかげで、けがをしても泣くことがなくなりました。

**マツダ**　わたしの少年時代はあなたとはずいぶんと違い、日本人そのものでした。わたしは、日本的なものの見方とともに育ちました。私は英語を、公立学校に通うなかで外国語として学びました。もちろん、最初に習ったのはピジン英語（ハワイで独自に形成された英語）です。

でも、「恥」という観念、つまり自分や家族を恥にさらしてはいけないという考えもまた、わが家にはとても強くありました。わたしが小さかったころは、新聞に悪事にからんで日本人

の名前が出ることはめったにありませんでしたが、悪事を行った日本人の名前が出ると、地域のみんなが恥ずかしく思ったものです。

そんなとき、父は、

「いいかい、くれぐれも家族を恥にさらしてはいけないよ」

とわたしに言いました。

ですから、似たようなものです。アリヨシ知事、あなたにも同じようなご経験がありますか。

**アリヨシ** ええ。わたしの両親は私を守ろうといつも一生懸命でしたから、いつも両親の強い支配のもとにありました。どこへ行くにも母親に行き先を告げなければなりませんでしたし、そこから別の場所に行くときは、一度自宅に戻り、それからまた新たな行き先を母に告げなければならないほどでした。

そんな具合でしたから、両親には強く影響を受けていたように思います。「恥」という言葉はとても重要で、恥をかかすことがないように、とよく言われたものです。

それと、「仕方がない」ということも非常に重要でした。

つまり、人間はやらねばならないことをやるしかないが、ときにはどうしようもないこともあるし、そんなときはじたばたしてもはじまらないという考えです。それから「我慢」という

ダニエル・K・イノウエ

ことも大切でしたね。困難に直面しても耐えなければならないということです。それと、もう一つ、とても大切なこととして教えられたのは「おかげさまで」という言葉でした。両親はいつもわたしにこう言ったものです。

「おまえがどんなにえらくても、それはおまえだけのせいではない。おまえは、おまえを助けてくれたたくさんの人を必要としたんだ。いいかい、おまえが何かなしとげたとしてもそれを自慢してはいけない。おまえを助けてくれた多くの人がいたことをけっして忘れないように」

と。両親は、「おかげさまで」がとても大切なことをわたしに言ってきかせました。

のちにわたしが副知事、それから知事になったとき、わたしはこの「おかげさまで」という言葉についていつも考えるようになりました。そして、ますます多くの人が「おかげさまで」という言葉を使っていると感じるようになりました。

わたしはまた、これらのことをわたしたちが話題にするとき、それは結局、自分の親たち、つまり日系アメリカ人の価値観を話しているのだと思うのです。そして、わたしたちみんながしてきたことは、両親たちに教えられた価値観の影響を受けていることがわかるのです。

**フジタニ**　「おかげさまで」という考えは感謝、つまり他人がしてくれたことをありがたく思う気持ちですね。

**アリヨシ**　そうです。そして、それは感謝以上のこと、つまり多くの人の助けのおかげで、自分が何かをなすことができた、ということをありがたく受け入れるということです。

**マツダ**　それは、なんでも自分でやるというアメリカ的な理念ときわめて対照的です。それもまた重要ですが、「セルフメードマン（独力で成功した人）」という言葉を聞くと、いつも私は自分と照らしあわせて考えてしまうんですよ。

ジョージ・R・アリヨシ

というのも、わたしもまた感謝について両親から学んできましたし、どんな人も、離れ小島に一人で生きているのでもないかぎり、なんでも自分だけでできるとは思えないからです。わたしたちの前には多くの世代がありますし、わたしたちは、何ごとも「誰の助けも借りずに自分だけでやった」とは言えません。なぜならわたしたちはみな公立学校に通っているからです。もしそれが公立学校でなければ、わたしたちの今日はなかったと思います。とりわけ復員兵

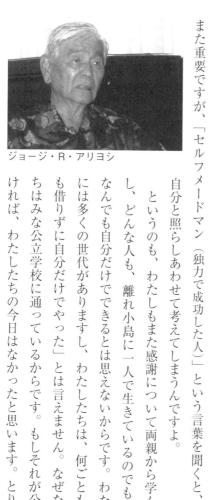

援護法はわたしたちに大きな違いを作り、こうした結末をもたらしました。その理由の一つは、わたしたちの兵役の問題にありますが、一方で、もし国が、退役軍人に対して、社会に役立つ市民になるよう教育を与えていなかったら、戦後の好景気は起きることはなかった。少なくともわたし自身は、セルフメードマンは存在しないと思うし、これまでも、いつも誰かが自分を助けてくれました。この考え方の違いは、大きな文化的な違いだと思います。

**アリヨシ**　自分が何かをなしとげることができたのは他人が助けてくれたからだ、ということを積極的に認めると、さらに多くの人が自分を助けようとしている、助けたいと思っていることに気づくようになりますね。

**マツダ**　民主主義社会においては一人では何もできません。チームを作り、いっしょに動かなければ……。

## ハワイの日系アメリカ人が持つ多様性

**フジタニ**　今日、何をお話ししようかと考えたとき、思い出したことがあります。

それは、わたしがまだ幼かったころ、本当にいろいろな人がいたということです。

わたしの母は日本で生まれ、ハワイで育ちましたから、二世ということになり、ですから、わたしは三世ということになります。でも母には人種が異なる友人がたくさんいましたし、わたしたちは、多国籍、多人種、多宗教の地域社会にいつも溶けこんでいたと思うのです。このことは、ハワイの経験とアメリカ本土の経験との違いのひとつだと思います。本土の事情については アイリーン・ヒラノ・イノウエが教えてくれると思いますが、第442連隊戦闘団の兵士たちが本土になかなかなかなじめなかったことはみなさんもよく覚えていることと思います。

フジオ・マツダ

ハワイ出身の日系アメリカ人は、本土出身の日系アメリカ人をコトンクと呼んでいましたが、それがどんな意味なのかわたしにはわからないので、イノウエ上院議員ならご説明できると思いますが（笑）、いずれにせよ、共通の経験をするまではそうした対立があったと思うのです。

議員は、アーカンソー州の捕虜収容所のこと、収容所の生活で目撃したこと、本土出身の捕虜仲間の戦争経験、また、彼らの態度がどう変化したかなどについて、お話をされると思います。

ハワイで育ったわたしたちは多様性のなかで成長したのであり、ハワイでは、他者を理解するための機会にわたしたちが多く触れていたのだと思います。たとえば、隣人のフィリピン人が、わたしたちの寺にやってきて仏教式の礼拝に参加するなどということもありましたからね。ご存じのように、彼らの多くはカトリックですが、万事こんな感じでした。つまり、子ども時代のわたしたちは、さまざまな文化に触れていたのであり、そうした経験がわたしたちを一種、違った種類の人間に育てたといってよいと思うのです。そして、そうした経験ができたことはとてもすばらしいことだったと思いますし、これこそまさに感謝、というものです。

**アリヨシ**　わたしはみなさんに、自分がプランテーションの子どもではなかったと話しています。ですからわたしは、プランテーション特有の先入観や偏見に触れることはありませんでした。子どものころのわたしにルナ（監督者）はいませんでしたから、わたしには偏見というものがありませんでした。私は、遊ぶことも、さまざまな背景を持つ他者と交流したり、ときにはけんかをしたりすることさえ自由にできました。それは、大人になってから「ビッグファイブ」（ハワイの生活を支配した五社の大企業）の支配を目の当たりにしたときに感じたこととはとても違っていましたが……。

人は誰でも、自分の経験からさまざまな感覚を養いますが、本土育ちの人とは感覚がずいぶんと違っているところもありました。第４４２連隊戦闘団の本土育ちの兵士たちはわたしに、

「きみがカリフォルニアで兵役についたとする。それで、レストランで何かを食べようとするだろう？　すると、たとえ制服を着ていたとしても、『おまえは歓迎されていないし、ここで食事をしてはならない』と言われるよ」

とよく言っていたものです。

わたしは、そうした経験をしたことはありませんから、彼らとはまったく異なった感覚を得たのだと思います。けれど、もしも自分にそういったことをする人たちを見たならば怒りを覚えるでしょうし、当然心を開くことはできません。

それは、自制することを強いられ、居心地の悪いできごとがあっても、退くしかなかった本土に住む日系アメリカ人たちの多くが経験したことかもしれません。幸いハワイでは、そうした経験をしたことはありませんでした。もちろん、成長するにつれ、経済や仕事のことに関心を持ちはじめましたし、そしてハワイ経済に対するビッグファイブの支配に対して、ますます疑問を持つようになりましたが……。一九五四年、わたしが最初に政治に関わったのも、こうした経験があったからです。

けれど、こういったことについても述べておきたいと思います。わたしは「パシフィック・クラブ」とは道をへだてて反対側の場所に生まれ育ちました。その当時、そのクラブに入るためのただ一つの方法はウェイターになることでした。「エルクス」であれ、退役軍人会であれ、「米国在郷軍人会」であれ、それらの社交クラブはどこもわたしたちの入場を許しませんでした。日系アメリカ人は日本的な名前を持つ場に加わらなければならず、それをとても屈辱的だと感じたので、在郷軍人会のクラブに立ち入ることはありませんでした。

**アリヨシ**　それはいつごろのことですか。

**イノウエ**　戦争直後のことです。

**アリヨシ**　戦争直後ですか。

**イノウエ**　ええ。ですから、その当時日系アメリカ人は、米国在郷軍人会の「スーパーグループ」のメンバーになることはできませんでした。

**マツダ**　まるでビッグファイブのようですね。

**イノウエ**　ええ。つまり、その当時はいろいろなことがあったというわけです。どこことは言いませんが、全米規模で展開している、とてもしゃれたレストランがありますが、私はそれ以来、そこには二度と行っていません。あるときわたしは、カメハメハ出身の男と会いました。彼がわたしをランチに誘ってくれました。わたしたちは戦争前からの古い友だちで、彼の誘いに応じて会うことにしました。彼はそのレストランを指定しました。わたしは、四本の略綬、袖にも軍のパッチ、そして大尉の肩章を着けてその店に行きましたが、彼らは、「申し訳ありませんが……」と言ったのです。戦争のあとでですよ。

**アリヨシ**　ハワイでですか。

**イノウエ**　ええ、ハワイでです。

**アリヨシ**　なんということでしょう。

## 日系アメリカ人の内なる差別とその克服

**イノウエ**　どのレストランか、あとでこっそり教えますよ（笑）。けれど、こんなことはどこでにもあったことなのです。

しかし、わたしたちのなかにも、差別と偏見があったこともまた、指摘しなくてはなりません。おうおうにして、わたしたちは誰もが差別主義者となるように誘導させられてきたのも事実です。このことをうまく説明するのは難しいのですが……。わたしたちの若いころを振り返ってみて、非日本人と結婚した日本人を一〇人あげることはできますか。

**マツダ**　いいえ。少なくともわが家においてそれは考えられませんでした。

**イノウエ**　それに、〝普通〟の日本人が沖縄の人と結婚することだって考えられませんでした。また、マッカリー時代の親友の話があります。彼にはガールフレンドがいたのですが、両親に、

「あの女に会ってはいかん。あの女は被差別部落の出身者だから」

と言われ、自殺を図りました。

また、わたしの母は、当然彼女の責任ではありませんが、孤児でしたから差別的に見られました。私の父は長男でしたが、わたしの祖父母は、父と母の結婚式に出席しませんでした。わたしのおじは、ハワイで最も優れた教育者の一人と言われた、美しい女性と結婚しましたが、彼女は被差別部落の出身だ、と見られていました。長男だったわたしは、

「あなたは結婚式に行くべきです。だって、彼はあなたの息子、いちばん下の息子なんですよ」

と祖母に言いました。さらに、問題だったのは式がキリスト教会ということでした。最後に祖母は、

「わかりました、行きます」

と言うと喪服を着ました。いいですか、お祝いの席にですよ。それで、教会の門をくぐると祖母は、数珠を取り出して念仏を唱えはじめました。牧師が、

「わが愛する子どもたちよ……」

と言うときもずっと念仏を唱えていました。

「南無阿弥陀仏、南無阿弥陀仏……」

と。

**フジタニ**　わたしたちもまた、同胞とその親たちから偏見を受け継いできたのだと思います。そうしたことにわたしたちもさらされてきた……。

**マツダ**　でもそれは、日本人だけではありませんでした。わたしの妻の兄は中国人の女性と結婚しました。妻の父にとってはそれは問題ではなかったのですが、女性の両親は女性（つまり彼らの娘）と絶縁するとともに、

「これからはもう、わたしたちはおまえと一切関わらない」

と女性に言いました。彼らが和解したのは孫が生まれてからです。

ですから、こういうことはアジアでの共通の習慣というか、問題なのかもしれません。

**イノウエ**　ハワイ人と結婚してうまくやっている中国人はたくさんいますけれど……。

**マツダ**　荒先生のお話を聞いてわたしに浮かんだ疑問は、一九五四年の〝革命〟ということについてです。

何が変わったのか、また、他の退役軍人に比べ、戦場から帰り、大学に行った二世たちがなぜそれほどまでに積極的で、自分たちをきちんと教育できたのか、ということです。彼らはみな生産的な市民になりました。けれど、ハワイでは、単なる個人的な人格の向上を越えたものがあったと思います。彼らは社会全体を改革しましたが、それはおそらくわたしたちが寡頭体制、つまりプランテーション社会にいたからかもしれません。

**イノウエ**　戦争で多くの血が流され、多数の人びとが命を落とし、しかも、故郷に帰っても、プランテーションに戻ることは犯罪的なことだと見なされました。

わたしたちは多くの時間を費やし、自らの血を流しました。それなのにわたしたちが歓迎されなかったことには何らかの理由があったのです。たとえばわたしは、第442連隊戦闘団の最初の名誉会員となった、ハワイ州議会議員のジョー・ファリントンのことを今でも記憶しています。彼が素晴らしいスピーチをしてくれました。

「きみたちのなかで米国在郷軍人会の会員になっている者がほとんどいないことに私は気づいている。向こうはきみたちを迎えたいと願っているはずだ」

彼はまた、

「きみをジョー・タナカ（シゲオ・ジョー・タナカは、第二次世界大戦中、第100歩兵大隊に所属し戦死した最初の日系米兵）のポストに推薦したい」

とも言いました。

そこでわたしも立ち上がってこう言いました。

「わたしはあなたのポストに参加したいのです」

そこで会話は終わりました。なぜなら、彼のポストにわたしがつくのは無理だということを彼はよく知っていたからです。その話がみんなに伝わると、誰も加わりたいと言わなくなりました。たとえジョー・タナカのポストであっても、屈辱的でしたからね。

**フジタニ**　わたしたちはみなさまざまな経験をしました。

**アリヨシ**　話を続ける前に、「二世はどうやって政治に関わるようになったか」という質問に答えたいと思います。私にとってそれはとても重要だからです。一九六二年から一九七四年までハワイ州知事を務めたジャック・バーンズのことはみなさんもご存じのとおりです。もしわたしが、一九五四年の選挙でバーンズのために働くことがなければ、わたしが政治に関わることもありませんでした。彼は、わたしの人生、それに偏見についてわたしに質問した人でした。

わたしは彼に対し、自分にはプランテーション生活の経験がなく、したがって、みなさんがいうような偏見には縁がなかったと伝えました。

すると彼は、

「そうですか。では今はどうですか？　こうして働いている今は……」

と言いました。それに対して私は、法律家としての仕事をとてもエンジョイしていると彼に伝えました。バーンズは、わたしがもっと社会に関わるべきだ、と説得してくれました。

そして、彼は、一九五四年の選挙を一緒に戦おうとわたしを励ましてくれました。

## 二世の価値観を続く世代に

**フジタニ**　ところで荒先生は、

「二世たちはより安定した社会の建設に貢献したが、三世たちはそうした経験がなく、だから二世たちの成長を支えた価値観、たとえば『頑張って』『親孝行』といったこと、そのいくつかを忘れている」

とかねてからおっしゃっています。こうした価値観こそ永遠に引きつがれていくべきだ、というのが荒先生の見方です。

**アリヨシ**　わたしはこの議論によって、単に二世が持つ価値観についての話だけでなく、わたしたちがなしとげた仕事に、こうした価値観がいかに影響を与えたか。

前に進み何かをするのは人間であり、困難を解決する、人の助けを求めるときの方法にわたしたちの価値観がとても重要な役割をになっていたと私は思います。

**アリヨシ**　ビッグファイブの一角、「ルアース&クック社」のために働いたバート・コバヤシを思い出します。

バートは実力があったため、ある程度までは昇進したのですが、それ以上は進めず、彼より上になったのはみな違った肌の色の人間だった。そこでバートは、その会社を辞めて、法律家になるためにロースクールに行こうと決めました。

**マツダ**　現在は、そうした障害はなくなりましたね。ビッグファイブはもうありませんが、日系アメリカ人には障害を乗りこえて、ビッグファイブの各社に入った者も少なくありません。

そのうちの一人、ジェフ・ワタナベは「ハワイアン・エレクトリック・インダストリーズ社」の会長ですし、中国系アメリカ人のコニー・ラウもある会社の社長兼CEOを務めています。

今や日系アメリカ人は、ハワイの多くの企業で経営に加わり、主要な役割をになっています。

そこで私はその質問に戻りたいと思います。つまり、

「わたしたちの社会が、どんなに優秀な移民でも、出世の道がある程度までで閉ざされ、き

つく支配されていたような寡頭体制からどうやって変化していったのか」

ということです。

私は、第二次世界大戦中における行動によって、二世たちはふたつのことを明らかにしたと考えています。ひとつは、自分たちが何かをなしとげることができるという確信、もうひとつは、二世たちが功績と力を手に入れたことに抵抗する、旧体制派がいるということです。障害を打破するためには、政治的な行動が必要でした。

そして、一九五四年の選挙とジャック・バーンズによってそれは変わりました。

**イノウエ**　それはほんのワンステップでしたね。わたしは、連邦議会にいたときのことを今でも覚えています。あるとき、親友であるビル・ノーウッドが近づいてきてこう言いました。

「ぼくたち五人が一緒になって、きみがパシフィック・クラブの会員になれるよう、また向こう五年間の会費にしてもらおうと十分な金額を集めた。きみの名前は発表されたかい？」

それに対してわたしはこう言いました。

「彼らはぼくを仲間にしたくないですし、ぼくもあそこには加わりたくないです」

いいですか、あそこは大もうけしたビジネスマンがメンバーになるクラブですからね。

**マツダ**　バーンズ元知事も「ノー」と言ったそうですよ。会員にならないかと勧められたけれど、まったく同じ理由で断ったと彼は言っていました。

**アリヨシ**　考えてみると、その原因はわたしたちがあまり自分たちの状況や功績について語ってこなかったことにもあるかと思います。

けれど一九五四年の選挙で民主党が政権につくと、わたしたちは公平ということについて語りはじめました。

ビッグファイブにも多くの人がいました。「アムファック」の社長兼ＣＥＯのハロルド・アイチェルバーガー、ヘンリー・ウォーカー、ボイド・マクノートンなどはとても公平でした。ビッグファイブにもとても優れ、公平性を持つ人がいたことを認めなくてはいけませんが、彼らは、こうした慣行は変えるべきだということを誰かに教えてもらう必要があったのです。

**マツダ**　そのとおりですね。でもその一方で、わたしたちの政府に大きな影響を実際に行使している企業を見ていてわかること、それは、力を持った人間はなかなかそれを放棄したくないということも指摘しておきたいです。

かつてここには、自分のやりたい方法でハワイを動かしていた人たちがいたと思います。たとえ個人的に横暴ではなかったとしても、少なくとも彼らは、人びとが変革を起こすまで、少数による支配を維持しました。

何が旧来の支配システムに衝撃を与えたのかを考えてみると、それには二世の第二次世界大戦への参戦と帰還が大きな影響を与えたのだと思います。

**イノウエ**　わたしたちの隣人は、戦争中に起きたことのさまざまな実例があったという事実に目を閉じることができませんでした。たとえば、「傷痍米国退役軍人会」という組織がありました。負傷した兵士が会員になるのです。戦争が終わったとき、ハワイには、一二人のハオレの会員からなる分会がありました。

でも一年もしないうちに、一二もの支部ができました。しかもその会員はほとんど全部日系アメリカ人でした。当時、負傷兵といえば日系アメリカ人でしたからね。けれど、パールハーバー組織はとてもひどく、彼らはハオレの男を会長にしました。メンバーの七〇パーセントは日系アメリカ人だったのにですよ。

**マツダ**　第二次世界大戦中、第442連隊戦闘団はとても特徴的な部隊だったと思います。けれども、世代を経て、異なった人種間の結婚が進むにつれ日本的な価値観が薄まっていくのは仕方がないかと思います。

**イノウエ**　これらのことについて少し調べてみました。わたしの世代では、自分の人種グループ以外の人と結婚する割合は五パーセント以下でした。それがいまや五〇パーセントを超えています。なんと大きな違いでしょうか。

**マツダ** 個人的な例を申し上げれば、わたしの何人かの孫の三分の二はハパ（ハーフ）ですよ。

**イノウエ** わたしの一人息子はアイルランド系ドイツ人と結婚しました。

**マツダ** アイルランド系ドイツ人と日本人との間に生まれ、ワシントンＤＣに住む子どもに、日本的な価値観はどのように伝わっていくでしょうか。

世代を経るに従って希薄化は進むでしょう。でも、大事なことは、こうした日本的価値観のいくつかは人間にとって重要なのであって、ハワイや本土の日本人だけのものではなく、世代を超えて引き継がれるべきものとして、純粋に重要だと思うのです。たとえば「思いやり」という日本の価値観は、どんな状況にあるどんな人にとっても利益になるはずです。「私だけ」という感覚を捨て、誰もが「思いやり」を持てば社会はもっとよくなるに違いありません。ですからわたしは、もし自分たちがこうした種類の価値観を広めることができれば、単にハワイやアメリカだけでなく、それこそアメリカとパレスチナのような国家間であっても、そしてその他のどこにおいても、よりよい社会を作ることにつながると思うのです。われわれはみな人間であり、一家のように（この「一家のように」という言葉も私が習った日本的価値です）おたがいを人間としてあつかうことができればよいと思います。そして、人種間の結婚が進めば、家族が人種的な障害を越えるはずです。

**アリヨシ**　わたしたちは日本的な価値観や美徳について、それを日本人だけのものとして永続化するということを話している場合ではありませんね。

**マツダ**　そうです。

**アリヨシ**　わたしたちが持っている価値観は、どんな人にとっても偉大なものになりうるということです。これを今こそ教えたいですね。つまり、どこにいようとも、そうした価値観は他の人たちにとっても貴重であることと、その理由を伝えたいですね。

**マツダ**　そのとおりです。そうしたものは、みんなで共有していかなければいつか消えてしまう。多くの人種と文化が混じりあっていけばなおさらです。民族的な境界をなくしていくうえで、もしかするとハワイはモデルケースとなりうるのかもしれないし、民族を超え存在することした偏見と敵意をなくしていくためによい方法かもしれません。

**イノウエ**　ワシントンで働いているわれわれの結論は、人種差別は生きており、さらに驚くほど狡猾になっている、というものです。

**フジタニ**　前総領事、何かこの場に参加している方々に対して、ご質問はありますか。

**加茂**　今日はお招きいただきありがとうございます。

こうした議論と、ハワイとアメリカ本土との間の違いについてのさまざまな発見を拝見するのはとても興味深いことです。こうしたことが日系アメリカ人の間にあることを私はいままで想像したこともありませんし、まったくなじみがありませんでした。それと、今や議論は、日本的な価値観のいくつかが、人類全体にとって普遍的なものになるかどうかということになりつつあります。こうした価値が日本独自のものなのか、あるいは他の文化にも同じものがあるのか、あるいは、わたしたちがこれまで議論してきたのと同じ価値観を持つ文明があるのかということはわたしにはわかりませんが、こうした価値は、誰にとっても、国を導くうえで、あるいは自分の人生をよりよいものとするうえで確かに有益であり重要だと思います。

それと、こうした価値観がいま希薄になり、消えそうになっていることが心配されております。ですから、未来の日系アメリカ人は自分の生活の向上のためにこうした価値を再評価するかもしれません。この問題は、日本にいる日本人にも大いに関係しています。というのは、日本にいる日本人は万事を自然なもの、〝天の恵み〟と考える人たちで、わたしたちを育んでくれた、あるいは社会から、価値体系から、また両親から受け継いできた価値観について考える必要がありませんでした。日本に生まれたこと、これは日本人としてわたしたちが持っているアイデンティティーにとって本当に決定的な要因です。なぜなら、日本に生まれたために日本人となっているからです。同じ言葉を話し、同じ文化を観察し、あるいは楽しむ。これらはみな自然のもので、それを思い悩む必要はありませんでした。日本人になること以上に、どんな選択がわたしたちにあるというのでしょうか。

ですから、「おかげさまで」とか「思いやり」といった、わたしたちがこれまで議論してきた多くのすばらしく、また重要な価値観は、ハワイにおいて歴史的に重要な役割を果たしてきたと私は思います。もちろん日本においてもそれは重要な役割をになってきていますが、こうした美徳を意図的・意識的に気づく、あるいは探し求める人はいない。せいぜい何か面倒や困難があったときに関心を払う程度です。

だから興味深いのです。なぜならここハワイでは（ハワイもアメリカの一部ですが）、自分自身を強く保つために、日本の価値観を再発見し、意識的に保持することが必要だった。それに対して日本ではそれはきわめて自然なものであり、自動的に与えられるものでした。ですから、日本に住む日本人はこれらのこと、自己の再発見の必要性といったことにあまりにも無頓着でした。それだからこそ、自分も含めて、今の若い人たち、つまり今の世代が、こうした重要な価値を活用し、日々の生活に実践することが必要なのです。

ただ、同時にわたしたちは、この文化、これらの価値観が自分たちに染みついていることを知っています。ですから、仮にそれらが日常的には見えなくなってしまっていても、あるいは、具体的な状況に応用できないとしても、やはり日本人であるということをわたしたちは感じるのです。失礼、少ししゃべり過ぎましたね。

**フジタニ**　それはハワイでもまったく同じです。一世と二世が生活するために一生懸命努力したことはご存知ですね。彼らは生まれながらに持っていた価値観があり、それに対して疑問を持ちませんでした。

けれど、今こうしてこれらの価値観を改めて振り返ると、疑問が湧いてきます。つまり、「わたしたちは、どうすればそれらを保ち続けることができるのか」ということです。これはまさしく荒先生が問われたことですし、ここにいるみなさんにとっても大事なものです。わたしたちはこれらを持ち続けることができるのでしょうか。

## ハワイの文化的多様性が持つ力

**マツダ**　わたしたちはみな、一部日本人であり、一部ハワイアンであり、一部その他の民族です。さまざまな要素が混ざりあうなかで、最後に残るものは普遍的な価値観や美徳である以上、日本的な価値観もまた、普遍的な文化的価値の一部にならざるを得ないのです。ほとんどの価値の起源は宗教的信仰にあります。伝統的な日本の価値観もまた、基本的に仏教、儒教、道教、それに神道が数千年の歳月のなかで混じりあって作られたものです。

一方、アメリカはとても若い国で、そして基本的に移民の国です。世界各地のさまざまな文化と宗教が流入してきており、今もまだ成長の過程にある。アメリカの文化は、さまざまな移民の文化が混じり合った料理のようなもので、新しい〝食材〟が常に加えられています。わたしたちは今でも、第二世代、第三世代、第四世代の日本人、同じく中国人、韓国人、フィリピン人などといわれます。でもわたしたちはみなハワイ人でありアメリカ人です。エスニックな話でお互いを説明しますと、たとえば、ポルトガル風の冗談を言い、中国の正月には中華料理を食べ、感謝祭では七面鳥とカボチャのパイを食べ、独立記念日にはハンバーガーとホットドッグを食べ、カメハメハ大王のパレードを見て、ワールドシリーズとローズボウルを観戦し、メリー・モナーク・フラフェスティバルと夏の盆踊りを楽しんでいる。

これらこそ、わたしたちがひとつになって価値観を共有するということです。

**アリヨシ**　いまフジタニさんは、ハワイというものを明確に説明してくださいました。わたしたちは多様な文化的な背景を持っています。価値観が違うからという理由で誰かに圧力をかけるようなことはしません。

荒先生が書籍の刊行を提案してくれたことはよい機会となります。でもそれは、わたしたちの価値観が他の人たちのそれよりも優れているというのではなく、わたしたちの価値観がわたしたちにどのような影響を与え、わたしたちを支える力になったかを考える機会なのです。

**ツキヤマ**　荒先生が勧めてくださったのは意義深く、重要なプロジェクトだと信じています。それはおそらく、先生が二世の特質であり、さらに人生や社会への貢献に大きな影響を与えた価値観を外部の目で見ることができたからだと思います。先生はまた、それは受けついでいくべきものであり、こうした価値と特質をクローズアップすることが重要であると感じています。二世は消えゆく世代ですから、荒先生が提案されている作業は急ぐ必要があり、この座談会はその出発点になるといってよいでしょう。

本書では荒先生と私は編集委員会の一員になりました。この本は、単に二世退役軍人の経験と視点だけでなく、二世全体を紹介しています。

わたしたちは、銃で脅され、標的とされた日系アメリカ人が、第二次世界大戦前、大戦中の全体的な恐怖と不信にもめげず、大戦においてアメリカのために戦い、そして生き残った経緯を示したいと思うのです。

第二次世界大戦における二世についてはもうひとつ、ハワイ大学芸術・科学学部によるプロジェクトがあります。

「民主社会のための普遍的な価値・二世退役軍人寄贈フォーラムシリーズ」と名づけられたこのプロジェクトもまた、この価値観を日本人だけでなくすべての人種の世代に受け継ぐべきだとしています。この取り組みを助けるためにわたしたちはできるだけのことをするべきだと思うのです。

私はある日本人旅行者の話を聞いたことがあります。その女性は、日本文化センターを訪れ、「感謝」「忠義」「責任」などと書かれた石碑を、涙ぐみながら見たそうです。そして、

「だって、日本にはこうしたことはもう残っていないからです」

とその理由を語ったそうです。

ハワイは何かができるかもしれません。あるいは少なくとも、ハワイは今、こうした価値観を保存し、共有し、そして受け継いでいくために動く過程にあるといってよいでしょう。わたしもまた、こうした目的のためにできるだけのことをするつもりです。

それは、今も生き残っているわたしたち二世の責務だと思います。

その上で、わたしが主張したいことは、これはハワイにいる日系二世だけの価値観ではなく、

本土も含めて、二世という世代がみな持つ価値観だということです。その意味でわたしたちは、アイリーンの意見をぜひ聞くべきだと思うのです。

## 価値観の〝シフトチェンジ〟

**イノウエ**　いまテッドが取り上げた、次代に受け継ぐというプロジェクトはとても重要です。過去の世代、たとえばわたしの祖父は、自分や家族の手柄を話すことにためらいを持ちませんでした。彼は日露戦争で自分がいかに戦い、役割を果たしたのかについてよく話しました。けれど、第４４２連隊戦闘団で戦った兵士の家族からは、こういう話をよく聞きます。「わたしの父は、自分が部隊の一員であったことを一度も語ったことがない」と。わたしたちのなかで、自分たちがしてきたことを息子や娘に伝えることが必要だ、あるいは望ましいということに気づいた人はほとんどおりません。

自分自身、息子をかたわらに座らせて自分のことを語って聞かせたことは一度もありません。というのも、すでに記録がたくさんあるからです。でも、誰でもそういうことになれば、みんなこうした歌を思い出すに違いありません。戦争のこと、戦争の最中に彼らがなしたこと、わ

テッド・T・ツキヤマ

たしの祖父はまったく臆病ではなかったことなどを歌った日本の歌ですよ。

でも、わたしの世代になると、子どもたちに語らなくなってしまった。なぜだかはわかりません。わたしたちは語ることを恥ずかしがる必要なんてないのですが……。

**フジタニ**　それは謙遜ということへの不満でしょうか。あるいは見せかけだけの謙遜かもしれませんが。

**イノウエ**　わたしの子どもたちが、こう言ったことがあります。

「お父さんがそんなことをしていたなんて、まったく知らなかった！」

**ヒラノ・イノウエ**　私も同感です。ツキヤマさんは、一世と二世は、育ったのがハワイでも本土でも、受け継いできた価値観を持っていたと話しました。けれど、経験においては本土とハワイでは、とても違っています。アリヨシさんもおっしゃったように、ハワイにも差別はありましたが、本土の方が差別が大きかったように感じます。おそらくこのことが、三世や四世が持つ自信に影響を与えたのだと思います。

たとえば、社会でリーダーシップを発揮している日系アメリカ人の数は、本土の方がずっと少ないですよね。自慢しない、あるいは自分への注意を引かせないというのは、まず自分のことを声高に言うアメリカ式のやり方とは正反対ですものね。価値観に関するこの座談会からわたしが望むことのひとつは、どうすれば成功した二世は、政治的な意味、あるいはリーダーシップという観点で、二世の価値観を改めて称揚できるか、ということです。アリヨシさんも、フジタニさんも、私の夫のイノウエも社会の指導者でした。でも、多くの三世は、安全な専門職の世界に入った。つまり彼らは、法律家、医師、会計士などになったのです。

おそらくこれは、日本人が、一定の地点を越えた先に行くことをためらう、あるいは、社会的、政治的なリーダーの役割につくことを望まないことによるのだと思います。

一世と二世が三世に伝えたさまざまな価値観を一体化し、その積極的な側面をクローズアップし伝えること、同時に、若い人たちが指導者として成功できるようにうながす、その他のアメリカ的価値を取り入れることは可能だと考えています。彼らは、職業的な観点で見れば成功者です。けれど、社会においてリーダーシップを発揮する、という日系アメリカ人はきわめて少数なのです。

多くの二世が、公職につこうとする若い日系アメリカ人、とりわけ本土にいる日系アメリカ人がなぜ少ないのかをわたしに質問します。ハワイでは選挙によって選ばれ、公職につく日系アメリカ人はたくさんいますが、本土ではとても少ない。日系に限らず、企業や財団の役員会にいるアジア系アメリカ人の数がとても少ないことを示す最近の調査もあります。でも、とても豊かな才能に恵まれた日系アメリカ人は多いのです。

ですから、美徳とはいえ、一方で日系アメリカ人に行き過ぎた謙虚さとためらいを強いてきた価値観を〝シフトチェンジ〟することもできると思うのです。もっと二世たちが、

「ステップアップを恐れてはいけない、指導者の座につくべきだ。なぜなら、わたしたちがこうして育ってきたのも、こうしてわたしたちの仕事をしてきたのも、みなわたしたちの価値観の反映なのだから」

と、四世や五世といった世代をもっと励ましてほしいのです。

日系アメリカ人を日本に連れて行くと、日本とつながっている、あるいは、自分たちが育ってきた感覚やシステムを共有していることを感じると彼らは言います。

彼らは、自分にとってなじみ深い何かを日本にいると感じます。その他の人たちが日本を訪れると、彼らは、日本には何か独特のものがあると言いますが、わたしは、ここでの対談が「日本的価値とは何か」を論じるだけでなく、若い人への刺激になるようなはげましがあることを期待しています。

**アリヨシ**　アイリーン、あなたがやっていることは、日系アメリカ人にとって、日本人と交流するよい機会になるだけではありません。あなたの現在のお仕事、「日本人リーダーシップグループ」はとても日系アメリカ人全体にとって重要ですよ。

**ヒラノ・イノウエ**　アリヨシさんやわたしの夫、それにほかの方々が自分の経験をお話しし、その結果、日系アメリカ人たちが、それがなぜ重要なのかを理解し、そしてそれが自分たちにとって励ましになることを知ったのですから、本当によかったと思います。

困難にもめげず素晴らしい功績をあげた多くの二世がいるという事実こそ、わたしたちの若い世代に残しておきたい遺産です。日本人を祖先に持つことには誇りがありますし、第４４２連隊戦闘団の経験、強制収容所でのできごとなどは、当然重要な話です。

ヒラノ・アイリーン・イノウエ

けれども戦後の話も重要です。つまり、誰もが困難に直面しながら多くの人が主要な指導者の座についたという事実です。三世や四世たちがみなさんの第二次世界大戦後の話を聞き、みなさんの言葉や話を読んだら、それは彼らを大いに刺激するはずです。自分たちには、みなさんが直面したような障害はないのだから、なんでもできるんだ、と。

**アリヨシ**　わたしは孫たちと、たとえば、両親が私に教えた価値観と、それがどうやってある種の意思決定を可能にしたのかを話し合うことができます。それはわたし自身にとってだけでなく、また孫たちにとっても非常に貴重ですから、私はこうしたことがらについての書き物を孫たちのためにしています。

　というのも、わたしたちの一部である価値観が、孫たちがするであろうことにおいても、その助けになることを理解してほしいからです。ですからわたしは、できるだけ具体的な実例、つまり、価値観がどうやって生まれ、ある意思決定と行動をどのようにして可能にしたかを彼らに伝えるように努力しています。

**マツダ**　わたしの少年時代、母は「能ある鷹は爪を隠す」とよく言っていました。これは「自慢してはいけない」という意味で、もしかすると、これこそ何かをするときの日本的なやり方ではないかと思います。たぶん、たとえば教室などで目立ちたくないときにこう言うのではないか、と。

**ヒラノ・イノウエ**　ええ、私もそう思います。

**ツキヤマ**　アイリーンは、謙遜や遠慮は欠点にもなりうるということを言っているんですね。

**ヒラノ・イノウエ**　ええ、でも欠点というのはぴったりの言葉ではありませんね。それは状況によりますね。それが当てはまる場合、つまり、ある人の文化や価値を尊重すべき場合のように、適切なときもあるし、また遠慮なく発言すべきときもあるのです。自分には特別なスキルや才能があることを他人に伝えなければならないときもあるのだと思います。

**フジタニ**　さて、話は盛り上がっていますが、時間がきました。すばらしいお話がたくさん出てきましたが、これでお開きとしたいと思います。

＊　　＊　　＊

［座談会・参加者プロフィール］

荒了寛は、「天台宗ハワイ開教部」総長を務める。

福島県に生まれ、十歳のときに仏門に入った。その後、大正大学で天台仏教を研究。福島県各地の寺院に勤めたのち、一九七〇年代初頭にハワイにおいて天台宗ハワイ開教部を設立、一九七五年に「ハワイ一隅会」を設立した。これは、仏教の精神と教えを基盤とした奉仕団体である「一隅会」のハワイ支部である。荒はまた、書道、華道、日本画、茶道などを教える「ハワイ美術院」の創立者でもある。

独学で絵画を会得し、仏教的なモチーフに知恵の言葉を組み合わせたユニークな仏画は、サンフランシスコ、ボストン、ニューヨーク、オーストラリアのほか、毎年日本でも展示されている。また、一九九〇年代に、物故者への追悼のためにアラワイ運河で「ホノルル灯籠流し」を初めて開催した。

二〇一一年、日本政府により「外務大臣表彰」を授与される。これは、日本と外国との間の相互理解・交流の促進に貢献した個人に与えられるものである。妻との間には二人の子息がある。

ジョージ・R・アリヨシ元ハワイ州知事は、一九七四年にアメリカ発のアジア人を祖先に持つ知事に選ばれ、一九八六年まで、三期もの長期にわたり知事を務めた。一九七三年、当時知事であったジョン・A・バーンズが病に倒れたとき、副知事だったアリヨシが知事代理に就任、彼にとって終生の政治的教師であるバーンズは任期を全うすることができた。

アリヨシは、マッキンリー高校を卒業後、ハワイ大学に進学。その後、ミシガン州立大学、同大学ロースクールをそれぞれ卒業・修了した。軍情報部の退役軍人でもあるアリヨシの政治生活は、ハワイ準州下院議員に始まり、準州上院議員、ハワイ州上院議員を経て第三代ハワイ州知事に至るまで、三〇年以上におよぶ。

アリヨシは、公職を離れたのちハワイ大学東西センターをはじめとしたさまざまな社会・教育・経済団体のために自らの力を提供、なかでも同センターでは一九九五年から二〇〇三年まで理事を務めた（この間六年は理事長を務めた）。

アリヨシはこれまでにいくつかの国際的な大学から名誉博士号を授与されているほか、一九九七年、自伝『おかげさまで――アメリカ最初の日系人知事ハワイ州元知事ジョージ・アリヨシ自伝』（邦訳は飯野正子監修、アグネス・M・贄川ほか訳、アーバン・コネクションズ、二〇一〇年）を刊行した。

一九八五年、日本政府はアリヨシに「勲一等瑞宝大綬章」を授与。また一九八七年には昭和天皇より銀杯が授与された。

二〇一〇年にアリヨシは、「太平洋仏教アカデミー」の「わたしたちの道を照らす」顕彰プログラムにより表彰され、また二〇一二年には、アジア・太平洋諸国およびアメリカ間の理解連帯の強化に対する貢献が認められ「アジア太平洋地域社会建設賞」を東西センターから授与された。

アリヨシと妻・ジーンは三名の子息の親である。

ダニエル・K・イノウエ元連邦上院議員は、日本人を祖先に持つ全米初の連邦議員に選ばれた。イノウエは、一九五四年にハワイ準州下院議員に当選し、一九五八年にはハワイ準州上院議員となり、一九五九年には連邦下院議員、そして一九六二年には連邦上院議員に選ばれるなど一貫して政治家の道を歩んだ。

公立学校を経てマッキンレー高校に進んだイノウエは、アメリカ陸軍省が日系アメリカ人の志願兵で構成される部隊として第４４２連隊戦闘団の創設を発表したとき、アメリカのための戦闘に一歩を踏み出したハワイ出身の兵士の一人となった。そのとき彼はわずか十七歳だった。

イノウエは医者になる夢を持っていたが、イタリア戦線で手榴弾の攻撃にあい、右腕が粉々になったことでそれは永遠に奪われた。右腕を切断しなくてはならないほど負傷した彼は、やむなく進路を法律に変えることを決断した。

ハワイ大学で学士号を得たイノウエは、その後ワシントンのジョージ・ワシントン大学ロースクールに進み法務博士号を取得。二〇〇八年、同大学は彼に名誉法学博士号を授与した。

イノウエは一九六八年に民主党全国大会で基調演説を行ったほか、上院ウォーターゲート委員会委員、後にイラン・コントラ事件を調査する特別委員会の議長を務めた。

二〇〇〇年六月にイノウエは、第１００歩兵大隊と第４４２連隊戦闘団に参加した二〇人の日系アメリカ人兵士の一人に選ばれ、ビル・クリントン大統領（当時）から「名誉勲章」を授与された。この勲章は勲功に対するアメリカ最高の褒賞で、もともと与えられていた殊勲十字章表彰が見直され、名誉勲章に格上げされたものだった。

一九九九年にイノウエは、連邦議会における先駆者としてアメリカと日本の間の関係強化に貢献したことが認められ、日本政府より「勲一等旭日大綬章」を授与された。

二〇一一年、日本政府は日本とアメリカの友好と相互理解を促進したイノウエの貢献を評価し、彼にとって二度目の叙勲となる「桐花大綬章」を授与した。これは、外国人市民が受けることができる最高位の勲章で、イノウエはこの勲章を授与された最初の日系外国人となった。

二〇一二年十二月十七日、呼吸器合併症により八十八歳で逝去した。そのときイノウエは、アメリカで最も長く任期を務めた上院議員であり、かつ上院仮議長を務めていた。上院仮議長は副大統領、下院議長に続き第三位の大統領継承順位を持つ。

二〇一三年八月にホワイトハウスは、「『大統領自由勲章』を授与される資格を持つ一六人のアメリカ人の一人にイノウエを選んだ」と発表。イノウエの死後、オバマ大統領より同章が授与された。大統領自由勲章は文民に与えられるアメリカ最高位の勲章で、「アメリカ合衆国の安全と国家利益、世界平和、あるいは文化的その他の公的・私的試みに対するとりわけ卓越した貢献」をなした個人を顕彰するため、一九六三年にジョン・F・ケネディ大統領（当時）によって制定されたものである。

イノウエと最初の妻・マーガレットとの間の息子・ケンは二〇〇六年、ガンによって死去した。同年、アイリーン・ヒラノ・イノウエと再婚、二〇〇八年に挙式した。

アイリーン・ヒラノ・イノウエは現在、日米両国の人的な関係構築を目的として二〇〇九年に設立された「米日カウンシル」会長を務め、また同カウンシルにおいて、「TOMODACHIイニシアチブ」の責任者を務めている。これは、在日アメリカ大使館主導による官民パートナーシップで、日本とアメリカの次世代リーダーの育成のほか、二〇一一年三月に発生した東日本大震災と福島第一原発の事故により被害を受けた東北地方の復興支援を目的としている。アイリーンはまた、米日カウンシル会長として、全米の日系アメリカ人を選抜し、日本側のリーダーと交流することを目的とする「在米日系人リーダー訪日プログラム」も指導している。

アイリーンはかつて「全米日系人博物館」の館長兼最高経営責任者を二十年間にわたって務め

た。同博物館は、日系アメリカ人の経験を展示と公開プログラムを通じて広く伝達することで、アメリカの民族的・文化的多様性に対する理解と評価を促進することを目的としており、同館館長としてアイリーンは、ハワイ日系人の歴史――初期の移民から第二次世界大戦、そして現代社会まで――をアメリカ全体の日系人史に含めることに尽力した。

彼女はまた、「全米日系人博物館」の関連団体である「民主主義保存全米センター」の会長兼最高経営責任者を務めた。さらに「フォード財団」の評議会議長のほか、低所得層への機会提供を目的とする「クレスゲ財団」、「インターンシップおよびアカデミックセミナーのためのワシントン・センター」「インディペンデントセクター」の各評議員を務めている。またハワイでは、ハワイ大学財団傘下の「アジア太平洋災害リスク低減および弾性ネットワーク（APDR3）」の諮問委員会委員を務めている。

アイリーンには成人した娘がいる。夫亡きあと彼女は、存命中の夫が支援した団体と理念に対する協力を目的とした「ダニエル・K・イノウエ記念基金」を設立した。

加茂佳彦元ホノルル総領事は静岡県生まれ。東京工業大学を卒業後、外交官となりバングラデシュ、タイ、カナダ、ミャンマー、フィンランドに駐在した。二〇〇九年八月にハワイおよび米領サモア総領事に任命されるまでは、ヒューストン総領事を務めたほか、二〇一二年八月には駐アラブ首長国連邦特命全権大使に任命された。妻との間に二人の娘がいる。

# あとがき

## 二世の遺産

アメリカは移民の国です。アメリカに最初に居住したネイティブアメリカンという例外を除いて、世界中からやってきた人びとは、アメリカを自分たちの故郷にするという夢を抱きながら、この偉大な国の各地の海岸にたどり着きました。

最初に到着したのは欧州大陸からの移民でした。彼らは、アメリカに新しい生活を築くために一生懸命に働き、さまざまな逆境を克服しました。やがて彼らはこの新しい国に適応し、市民となってアメリカにおける自分たちの歴史を書き始めるようになったのです。

遅れてやってきたアジアからの移民たち——とりわけ日本人——は、アメリカ人になる努力の中でことのほか酷い差別を経験しました。彼らの前にやってきたヨーロッパ人と同様、彼らもまた犠牲を払い、困難を乗りこえ、そしてアメリカこそ自分たちの祖国だと主張しました。

それにしても、アメリカにおける日系社会の歴史はとてもユニークです。というのも日本人だけが、アメリカの歴史において、合衆国憲法によって認められた権利を剝奪され、強制収容所に隔離され、しかもアメリカへの忠誠を証明するために若い人たちを犠牲にせざるを得なかったからです。

この本は、「二世」、つまりアメリカで生まれた、日本人移民の子どもたちに焦点を当てています。彼らは、自分たちが生まれた国のために戦っただけでなく、自分たちの両親の名誉のために、そして新しい世代のためのより公正な社会基盤をつくるために戦いました。

二世たちが払った勇気と犠牲のおかげで、大戦から戻った彼らの未来は劇的に変わりましたが、それはハワイにおいて特に顕著でした。大戦から戻った二世たちと銃後を守った二世たちはともに教育、行政、そして政治の世界に身を投じるとともに、ハワイの社会的・政治的風景を変えていきました。彼らは、第二次世界大戦以前、日本人を先祖に持つアメリカ人には閉ざされていた政府、企業、そしてその他の部門における指導的な立場に就きました。彼らの成功は、ひとりハワイだけでなくアメリカの〝顔〟までも変えようとしたのです。

二世の人たちの魂の強さと精神を考えるとき、いつも日本の刀のことを思い出します。

日本刀は異なった種類の金属を融合する特殊なプロセスによって生まれます。刀身の中央は可鍛性のある鉄でできているのに対し、刀身の外側は鋼でできています。この二種の鉄が何百回も打たれ、何千回も熱せられることによって、類いまれなほどに強い刃が生まれるのです。

日本刀の断面を見れば二種の金属、つまり固くて強い鉄と可鍛性としなやかさを持つ鉄が融合しているのがよくわかります。それはまるで、二世の強さと精神を見るようです。二世たちが両親や教師から、また日曜学校や日本語学校などで学んだ特質は、日本刀の可鍛的な部分によく似ています。あらゆる困難に耐える強さを示す「頑張り」、もっとも深い意味における感謝の気持ちを表す「恩」、他人の行為の結果として受け取る利益への感謝を意味する「おかげさまで」などはみな、移民となった親がアメリカで生まれた子どもたちに意識的に伝えた教えでした。こうした価値観は、大戦に参加した二世を支え、あらゆる困難に立ち向かう勇気を彼らに与えただけでなく、逆境の中を耐え抜く助けとなったのです。それはまた、二世の心と魂となり、彼らが世界のコミュニティーにおける不可欠なメンバーになることを助けました。

一方、鋼のように固い部分は、二世たちがアメリカの学校で学んだ教えといってよいでしょう。つまり、民主主義、自由、平等であり、ハワイにおいては「アロハ」の精神であり、生まれ故郷に対する愛にほかなりません。

今日、アメリカにおける日系社会は、二世世代の最後の人たち、そして三世、四世、五世から成り立っており、多くの場合において、多様な人種が混ざりあって構成されています。若い世代において、古い世代の価値観は少しずつ姿を消しつつあります。

わたしは、日系アメリカ人の若い世代、そしてすべての若い人たちがこれらの価値について学ぶ機会を持つことが重要だと確信しています。この目的のためにわたしはハワイに住む何人かの二世と会い、こうした文化的価値に関する彼らの体験を話してくれるようお願いしました。最初に会った二世はヨシアキ・フジタニ師とフジオ・マツダ博士のお二人であり、今でもわたしがもっとも敬意を感じる方たちです。

お二人の本書の刊行における大きな貢献に、わたしは特別な感謝を表したいと思います。彼らは、第二次世界大戦ではアメリカのために戦い、その後、生まれ故郷であるハワイに戻って地域社会のために尽くした尊敬すべき二世で、幼少のころに学んだ価値観を片時も忘れなかっただけでなく、自身の専門職にそれを取り入れたのです。

彼らは、本書『日本人の目、アメリカ人の心』を出版するために進んでわたしを助けてくれました。

「子どもたちのために……」

そう語っていただいたお二人に、心からの謝意を捧げたいと思います。

昨年5月、オバマ大統領が、アメリカの大統領として初めて広島の原爆記念館を訪れ、原爆犠牲者に献花し弔意を述べられました。

原爆ドームを背景に大統領と老いた被爆者代表とが抱擁しあう光景は、テレビなどを通して全世界に伝えられたことでしょう。これを機に、日米関の原爆に対するわだかまりが解け、日米関係が新たな段階に入ったことは確かでありましょう。

それにしても、日本海軍の奇襲で始まり、アメリカの原子爆弾で悲惨な終結をみた両国の関係が、そのためにかえって、他の国との関係ではみられないほど深く緊密になったのはなぜか？

その理由は、日本の開国以来の歴史的関係が背景にあったことはもちろんですが、第二次大戦のヨーロッパ戦線において示した日系兵士たちの忠誠が、アメリカ市民の心を強く動かしたことにあります。デンバーで、移民の人権問題に取り組んでおられたビル・ホソカワ氏にお会いした折に頂いた著書『二世――このおとなしいアメリカ人』にライシャワー博士が寄せられた序文に、次のようなことばがありました。

「アメリカは移民の国である。しかし、いかなる移民集団も、日本人が出会ったほどの偏見と差別の高い壁に突きあたったものはいなかった。対日戦争勃発の際、十万の日本人が強制収容所と選ぶところのない場所に押し込められた時、彼らほど劇的な危機を経験した者はいなかった。合衆国に対して、彼らほど深い忠誠心を示し、あるいは、戦場または国内に於いて、おのれの国のために彼らほど進んで大きな犠牲を払う覚悟を持ったものは、他にいなかった」

最後になりましたが、一世たちがハワイに渡ってきた経路を含めて、移民たちの歴史をたどるプロジェクトのために、当時、開教区の寺院には手の出ないほど高価であった録音・録画のための器材の購入資金など、およそ二十年に渡って支援を続けて下さった田中育英会の田中健児会長の御厚意に対し、深く深く感謝申し上げます。田中会長の御支援がなければこのプロジェクトもなかったし、長い歳月このプロジェクトを続けることも不可能でした。そのおかげで、日本人移民の歴史や、ヨーロッパ戦線の記録を残すことができましたこと、改めて深く感謝申し上げます。

二世の遺産が、これからの世代の心、精神、そして魂にいつまでも残ることを願ってやみません。本当にありがとうございました。

合掌　荒了寛

（追記）

来年、二〇一八年は、一八六八（明治元）年に元年者と呼ばれる初の一五三人の日本人ハワイ移民が日本を発ってから百五十年の節目となる年です。

この移民たちの中に、牧野富三郎という仙台藩士がおりました。石巻出身の彼は、ハワイ各島に広がるサトウキビ畑において過酷な労働に従事することとなった日本人たちを元締としてとりまとめ、さらには明治政府とも連絡をとりながらその待遇の向上につとめました。義俠心が強く、親分肌の人物であったそうです。

この元年者たちを取りまとめるという大きな功績をのこした牧野は、一八七一年にハワイからサンフランシスコに渡りましたが、その後の消息は不明だとのことです。

ハワイと日本の交流に大きな足跡を残した牧野富三郎の縁もあり、宮城県石巻市はホノルル市との姉妹都市提携を実現すべく動いています。

現在、ホノルル市は世界の二八都市と姉妹都市になっています。うち日本の都市は、東京都、広島市、愛媛県宇和島市、大分県佐伯市、神奈川県茅ヶ崎市、新潟県長岡市がありますが、石巻市もその中に加わることとなるのです。

また、二〇一一年の東日本大震災でのエピソードにも触れなくてはなりません。震災は大きな被害を石巻市にも与えましたが、この地で被災し、太平洋を漂流することとなった和船

「第二勝丸」が、ホノルルのあるオアフ島に二〇一五年、漂着したということもありました。石巻とハワイ。太平洋をへだててはいるものの、実は大きなつながりがあるのです。日系アメリカ人の活躍により、日本と米国の関係が強固なものとなったように、牧野富三郎の足跡を礎とし、ハワイと石巻の関係がより密になることを願います。

［ハワイ日系人・日系人部隊年表］

**一八六八（明治元）年**　日本人一五〇人余が政府の許可なしに集められハワイに渡航。元年者

**一八八五（明治十八）年一月**　初の公的移民九四五人が横浜を出発、ハワイへ

**一九一七（大正六）年**　第一次世界大戦の影響で、ハワイに日系人のみの歩兵連隊が編成される

**一九二四（大正十三）年**　一九二四年移民法、日本人移民のアメリカ渡航ができなくなる

**一九四一（昭和十六）年十月**　日系人の国家への忠誠度を調査、日系人は忠誠心を持つと結論

**十二月七日**　真珠湾攻撃。太平洋戦争勃発。

**一九四二（昭和十七）年一月**　ハワイ州兵より三一七人の二世、敵性外国人として除隊に

**五月**　日系人によってハワイ臨時歩兵大隊が編成される

**六月**　ハワイ臨時歩兵大隊がサンフランシスコに移動、第１００歩兵大隊を編成

**一九四三（昭和十八）年二月**　第４４２連隊戦闘団が編成される

**八月**　第１００歩兵大隊、アルジェリア・オランに上陸

**九月**　第１００歩兵大隊、イタリア・サレルノに上陸

**一九四四（昭和十九）年一月**　モンテ・カッシーノの戦い

**六月**　第４４２連隊戦闘団、ナポリ湾に上陸

**十月**　第４４２連隊戦闘団、フランス・ボージュ山脈にて「失われた大隊」を救出

**一九四五（昭和二十）年五月四日**　ドイツ降伏

**八月十五日**　日本降伏、第二次大戦が終結

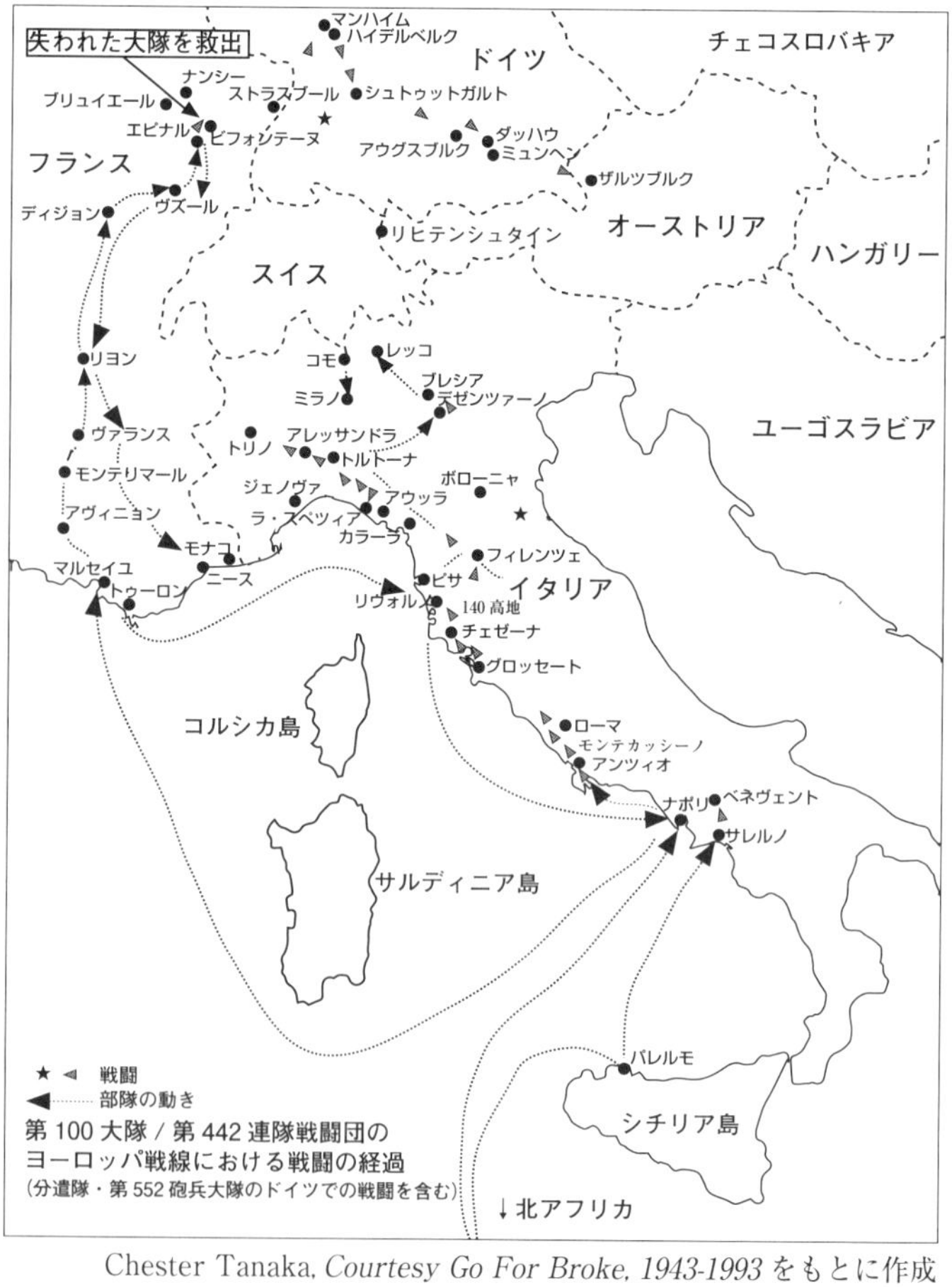


第100大隊／第442連隊戦闘団の
ヨーロッパ戦線における戦闘の経過
（分遣隊・第552砲兵大隊のドイツでの戦闘を含む）

Chester Tanaka, *Courtesy Go For Broke, 1943-1993* をもとに作成

## 編著者　荒 了寛（あら りょうかん）

1928年福島県郡山市生まれ。10歳で仏門に入る。大正大学大学院博士課程で天台学を専攻。「止観」の研究に取り組む。仙台・仙岳院執事、清浄光院住職、福島・大福寺住職を歴任。1973年、天台宗ハワイ別院住職、天台宗ハワイ開教総長としてハワイに渡る。天台宗の教義布教の傍ら、ハワイ一隅会、ハワイ美術院、カパフル日本語学校の設立、ワイキキ海岸の灯篭流し等、日本文化の紹介普及に取り組む。イタリア戦線で戦った第100大隊、第44,2連隊戦闘団の生存者に出会い、日系兵士の体験収録に取り組み、〝Japanese Eyes,American Heart〟3分冊を出版、現在MIS通訳兵編を編集中。2011年、日米文化交流に尽くした功績により、日本政府から外務大臣表彰を受賞、2017年にはホノルル総領事賞、本派本願寺ハワイ教団より伝統ある文化功労賞を授与された。著書は『生きるとはなあ』（シリーズ、里文出版）『シルクロードの仏たち　仏像伝来の道をたどる――荒了寛画文集』（日貿出版社・2016年）など多数。

## 訳者　大川 紀男（おおかわ のりお）

横浜市生まれ。国際基督教大学（ICU）卒業後、日貿出版社、プレジデント社、テルモ株式会社を経て1984年、株式会社オメガコムを設立、代表取締役・クリエイティブディレクターに就任。2012年、同社退任と同時にフリーの翻訳者・編集者として独立。〈訳書〉ケント・E・カルダー著『新大陸主義』（共訳、潮出版）、ジェレミー・ハーウッド著『ヒトラーの宣伝兵器――プロパガンダ誌《シグナル》と第2次世界大戦』（悠書館）、ダニエレ・シトロン『インターネットの闇――サイバー空間における憎悪犯罪』（仮題、明石書店）など多数。


写真：Us Navy（第一章扉）Densho Digital Repository（その他章扉）

# 日本人の目、アメリカ人の心

## ハワイ日系米兵の叫び
## 第二次世界大戦・私たちは何と戦ったのか

2017 年 12 月 8 日　初版第一刷発行

編著者　荒　了寛

訳　者　大川紀男

発行者　武村哲司

発行所　株式会社開拓社
〒 113-0023　東京都文京区向丘 1-5-2
TEL 03-5842-8900　FAX 03-5842-5560

印刷・製本　シナノパブリッシングプレス
装丁　　　　長久雅行


ISBN 978-4-7589-7019-8